亂世破讀

文

黃淑嫻

攝影

阮智謙
賴恩慈

目錄

生活的文學

戲夢如人生

K

香港的日常與反常

物質的眼淚

香港・1960

英國的樹與風

攝影目錄

生活的文學

戲夢如人生

K

香港的日常與反常

物質的眼淚

香港‧1960

英國的樹與風

序：與 K 在亂世中相逢

宋子江

　　黃淑嫻邀請我為她的散文集《亂世破讀》寫序，我暗自嚇了一跳。在我印象中，為作家的新書寫序的人通常是德高望重的前輩。應該是倒過來，我邀請她寫序才對吧？聽她娓娓道來，我才瞭解箇中緣故。去年和她討論一篇文章的題目，原本打算叫做「亂世閱讀」，於是我建議不如把「閱讀」改成「破讀」，想不到她很快就採納了。這篇文章就是本書開篇的〈亂世破讀——鄧阿藍和馬若的詩，兼談也斯的序〉。後來，她又以這個名字命名自己在《明報》世紀版上的專欄。她有時候會通過電子郵件和幾個朋友事先分享這個專欄的文章，我也是其中之一。再後來，這個名字成為這本書的書名。讀者翻開這本書，一定會發現文字和攝影互有對話，相映成趣。我自問對文字的敏感度更高，未敢妄論攝影，望讀者見諒。

　　「破讀」有幾個相互之間很近似的定義。它可以是靜態的，即一個字因意義的不同有不同讀音，其中非慣用的讀音就是這個字的破讀。它也可以是動態的，如清朝訓詁學家王引之在《經義述聞‧序》所言「破其假借字而讀以本字」，即用本字來改讀假借字。我在王引之的「破」中感到某種針對語言的暴力，大有不破不立的意味，彷彿「破」就是要強行建立某種現時和正統的標準來評斷（若非摧毀）過去的事物。那麼，我們能不能在現時和過去互相尊重的基礎上來理解「破讀」的動態定義呢？——破讀就是以不同讀音來區分不同的意義。我不是語音學的專家，不敢亂說。我只是在破讀中感到一股從沉鬱中短暫解脫的力量。

「破讀」是一種由音及義的方式。南朝史家范曄寫過《獄中與諸甥侄書》，這封回顧一生的書信最後寫到彈琴。他借彈琴談到音與義的關係：「其中體趣，言之不盡。弦外之意，虛響之音，不知所從而來。雖少許處，而旨態無極。」不難想見，一個人面臨死亡的威脅，往往會思考物理極限以外的可能性。耳朵聽見的聲音是一種物理現象，但是聽音卻是為了聲音之外的抽象意義。在近兩三年的香港，我們自己的聲音很微弱、很有限，往往被更多巨大無邊的聲音再輔助各種宣傳機器所侵吞。這種聲音困境對香港人而言並不新鮮，但是人總需要尋求意義的解脫吧。當我們遇到一個多音字，雖然慣用讀音的聲音實在非常強大，但是破讀音也並不會因此而消失。無論人怎樣去讀一個同形異音字，一次都只能發出一種讀音，同時又不得不折射其他讀音的存在。如果破讀就是以不同讀音來區分不同的意義，那麼人在讀出一個字指涉特定的意義，同時卻又不得不折射其他讀音的意義。猶記去年和詩人璇筠一起接受訪問，她說香港人習慣將「堅道」讀成「堅島」；「堅島」是一個很本土的讀法。當時我意識到文化身份的意象是可以破讀出來的，原來人可以在破讀音上找到存在的體認。不嫌陳腔濫調，借用笛卡爾的句式：「我破讀，故我在。」

後來我覺得這種解脫是不停歇地破讀文本，讓意義不斷旁及和延後。因為意義不穩定，我們才有空間構築各種各樣的隱喻，不斷重建自己與現實的關係，不斷與自己在亂世中相逢。黃淑嫻在《亂世破讀》中就和自己相逢了四十九次，書中的四十九篇文章有種共同特質 ── 它們不是傳統意義上的文藝批評或漫談，而是以個人的抒情為依歸，結合文藝品賞和社會狀況，述文藝作品或現實中的人如何回應自己生活其中的處境。

〈記住的／忘記的細節 ── 也斯的盛世危言〉是本書一篇典型

的文章。黃淑嫻在文中談到也斯寫澳門的詩，從七〇年代澳氹大橋建築時的一片陰晴未定之景到九〇年代澳門回歸前夕荒敗破落的鄭家大屋。她回憶當年和也斯一起去參觀鄭家大屋：「也斯在一扇破落的窗戶前站著，不知道他在想什麼。」寫詩的人大概都明白，這是一首詩誕生的時刻，付諸文字只不過是它的後世罷了。她多年後再讀逝者之詩〈鄭觀應在大屋寫作《盛世危言》〉，融入自己的親身經驗，才感應到詩人生前那一刻在鄭觀應身上找到的體認——個人面對大時代「力不從心的感受」。這種感應除了來自於她曾目睹過逝者之詩誕生的時刻，也必然來自她對現時香港「危城亂世」之感慨。試想她在另一個處境讀這首詩，重點也許只會落在這首詩比較明顯的點題之句「歷史只是一堆破磚爛瓦嗎？」，那就迥異其趣了。這篇紀念也斯的文章讓我想起另一次詩誕生的時刻。十年前我和也斯在澳門的一間泰國餐廳吃飯，他看著牆上的木雕大象出神良久。後來始終未見他將這首詩寫出來，也許已隨他「步入空寂無人的別院」了。從也斯逝去到亂世今天，從陰晴未定到陰放晴收，都是轉眼間的事，思之惘然。

「危城亂世」，書中有不少文章都寫到。黃淑嫻在〈生活是在混亂中尋找秩序〉中有言：「我們現在的社會無論是管治層面和民間層面都是在大混亂的狀態，我們現在是反過來需要尋找秩序的時刻，但是真正讓人信服的秩序大概不是由上而下的，應該是一種能夠包容各種混亂，而又在混亂中不斷修正的秩序。」她在此處所說的亂是指涉今天的香港。雖然本書談及當代香港的議題，例如雨傘運動、城鄉問題、自然環境、歷史建築的保育、劏房生活、長者安老等等，但是作者對它們的討論都是短小精悍、點到即止的，文字流露出她的情思、擔憂、甚至義憤。社會問題對人產生切身的影響，但是這種影響又是那麼的不露聲色。要同樣不露聲色地把它寫出來，

真的很考功夫。美荷樓的老婆婆、屯門小店的老闆、一身白襯衫的朱凱廸，黃淑嫻對人間煙火中的小人物進行細膩的觀察，同時又嘗試站在他們的位置來感受社會現實對他們的衝擊。她的寫法往往是以情入文，並不說理。人文關懷自然而然地滲透到字裡行間，一切已在情理之中。她還將這些現實中的小人物和小說或電影中的人物形象作比較。例如，朱凱廸的白襯衫讓她想起粵語電影中往往一身白衣的文弱書生，而兩者比讀更能突出朱凱廸理性勇敢形象。

更值得注意的是，黃淑嫻很少直接描寫今天的香港，反而別處的亂世才是這本書的主角。看別處之亂來反思此處之亂，正是本書最顯著的特色之一。看的角度則往往是各種亂世中的小人物，這一點也是相當突出的。這些別處的亂世又在文學和電影作品中得到呈現，而且它們都具有深切的社會關懷。

別處的亂世，可以是時間上的。書中關於香港六七暴動的文章就有〈我是如此的不認識你——從六七暴動課程說起〉、〈後六七暴動電影〉、〈六七動亂與香港文學〉等三篇。〈六七動亂與香港文學〉談老一輩流行作家方龍驤的短篇小說〈迷失的晚上〉。小說的描述基本都停留在世俗的層面。底層青年虢線成對社會民生其實十分冷漠，在街上浪蕩時被錯認是暴動分子繼而被抓捕，後來他糊里糊塗就認罪入獄了。讀這篇小說，我們很難像魯迅先生那樣高高在上地「哀其不幸、怒其不爭」，反而很明白虢線成茫然無望的處境。他面對的問題和香港今天許多年輕人的困境的確有相似的地方。黃淑嫻在文章的初稿結尾問：「一場動亂啟發了我們什麼？可以做些什麼？」這兩個問題是針對她在書展中的講座主題「社會議題與文學創作」而提出的。作家有時要處理兩者之間的矛盾，她也不例外。

別處的亂世，可以是空間上的。〈大時代‧小東西——澳門故

事這樣說〉討論的戲劇 Made in Macau 2.0 以日常生活小東西的論述來對抗官方主流的大論述;〈被家具活埋的男人〉寫小說《錢已匯入你的戶頭》以卡夫卡色彩來描繪金融危機中的希臘;〈英國的花樣年華〉剖析英國六〇年代鮮明叛逆的搖滾文化;〈閻連科的灰色中國〉略看閻連科的小說如何批判荒誕的當代中國社會;〈亂世愛情濃與淡〉回顧俄國十月革命時期烽火下顛沛流離的戀人。黃淑嫻在〈亂世愛情濃與淡〉中談的是電影《齊瓦哥醫生》(Doctor Zhivago)。這部電影改編自俄國作家鮑里斯・巴斯特納克(Boris Pasternak)的同名長篇。小說主角齊瓦哥既是醫生也是詩人,某種程度上也是巴斯特納克本人的寫照,從頭到尾被時代和命運推來推去,無所適從,是個典型的大時代小人物。這位俄國革命時代中的作家不得不面對「社會責任與個人抒情」的矛盾。事實上,齊瓦哥給拉拉寫的二十五首詩對革命暴行並沒有慷慨激昂的譴責,甚至也不是情詩,只是比較晦澀地書寫自己的處境,宗教意味亦相當濃厚。

〈六七動亂與香港文學〉和〈亂世愛情濃與淡〉兩篇文章對於相似的問題,給出了不同的答案。方龍驤主動介入社會現實,齊瓦哥則鑽入自己的內心世界。小人物在大時代寫作,各施各法。如果這會是亂世中一種令人信服的文學秩序,那麼它,正如黃淑嫻所言:「應該是一種能夠包容各種混亂,而又在混亂中不斷修正的秩序。」

《亂世破讀》中有三章和黃淑嫻的研究興趣有關,它們分別是「K」、「香港・1960」和「英國的樹與風」。「一九六〇年代的香港文學與文化」是黃淑嫻近年學術研究的主旋律,我也有幸曾參與到這個「看別處之亂來反思此處之亂」的研究計劃之中。她對這個研究計劃的要求就是要從作品出發,再進一步闡發當時的文化和社會現象。參與這個研究計劃的學者關注不同的文化領域,我關注的是文學翻譯和文化思潮的引介。從計劃的籌建到成立,我們當然不

可能預料到研究計劃期間爆發了席捲全港的雨傘運動了，但是後者不可避免地賦予前者更深的社會意義，正如她在〈香港．1960〉中所言，六〇年代「所蘊含的文化意義，反而成為了我們反思當下的起點。」

人文學科的學者往往需要投入大量的精力、時間和創意在研究上，才可能將其凝練深化成學術論文。學術寫作的要求和規範都甚為嚴謹，類似感想式的文字和判斷都是不被允許的。從事沒有客觀科學數據作為基礎的人文學科研究，學者就更需要自覺了。我們讀一篇人文學科的學術論文，往往看得出學者有許多未盡之言。有些學者願意寫學術隨筆，有些學者最多就在研討會之後的飯局中聊作談資罷了。這種文字和談話都有種俯視眾生的態度，它們和社會都有一定的距離。但是《亂世破讀》的文字卻正好相反。這部分與學術研究有關的文章固然是學術研究的延伸，而延伸的方向則是社會現象，甚至是我們每個人身邊正在發生的事。黃淑嫻一直以來致力於香港電影改編和文化思潮的關係，自然本已輕車熟路，然而新的亂世又為她的研究帶來新的意義，有些無法寫在論文裡的說話成為《亂世破讀》的精彩篇章。

「英國的樹與風」表面上和學術研究沒有太大關係，但是看得出她出入倫敦的圖書館都是為了做資料蒐集的工作吧。在英國做的資料蒐集工作結出了一篇十分精彩的研討會論文，即〈香港一九六〇——「文化」與「反文化」〉，她在文中比較六〇年代英國搖滾文化和香港文化之間的異同。《亂世破讀》的文章當然不會進行如此深入的研探，但是它們梅花間竹地讓讀者瞥見這篇論文的精華。資料蒐集過程中的感受，甚至有些並未寫入論文中的發現，變成為這部分文章的血肉。她在英倫期間，英國正處於留歐與脫歐的掙扎之中，這場影響英國甚至歐洲歷史進程的變革引起了許多爭論，怎

一個亂字了得？身處英倫之亂反思香港之亂，是這部分文章的看點，正如她在〈記一段曖昧關係 —— 英國的留歐與脫歐〉中所言：「作為香港人，湊巧身處英國，遇上這歷史性的時刻，也希望可以理解多一點。然而，心中最感觸的是，無論雙方觀點如何對立，英國人還是以民主的公投來表達自己的意見。」

她在本書中濃墨重彩的便是楚原導演的《浪子》(1969) 以及龍剛導演的《昨天今天明天》(1970)。前者深受意大利導演米開朗基羅‧安東尼奧尼（Michelangelo Antonioni）的《春光乍泄》（Blow Up）所影響；後者改編自存在主義作家阿爾貝‧卡繆（Albert Camus）的小說《瘟疫》（The Plague）。拍攝於六七暴動期間的《昨天今天明天》「的命運告訴我們，雖然暴動早結束了，但影響力仍然不弱。」《浪子》和《春光乍洩》「帶來的反思，對今時今日的香港不光仍追適用，我想甚至來得更迫切。如果有一天，『六七』不見了，希望有心人還會在《春光乍洩》那偌大神秘的公園中，把遺忘的事情拾回來。」在今天香港的語境之中，這層憂慮當然就是雨傘運動的「不見」了。今天不少作者被要求用「反英抗暴」來代替「六七暴動」；「雨傘運動」更是提都不能提，不然相關篇章就會被刪除，甚至整本書也會有被腰斬之虞。這些舊電影提出的憂慮並非危言聳聽，而是真切地發生在我們身邊的事實。

當內在憂慮在外在世界得到實現，它就進一步幻化成卡夫卡式的荒誕感。一個表面上乾淨明亮的社會卻被關在昏沉陰暗的體制裡面，人壓抑於其中感到無法定位自己，在超現實的惡夢裡不知作何反應，只得任由它支配自己的一切，包括生死。對於許多香港作家、電影人、藝術家而言，卡夫卡式的荒誕感就是他們的起點。黃淑嫻曾經梳理過卡夫卡文學作品在香港的譯介，還寫過論文深入探討那些具有卡夫卡色彩的六〇年代香港文學和電影。除了深入，還有淺

出，從她的上一本文集《理性的游藝：從卡夫卡談起》到現在這本《亂世破讀》，我們看到她的觀察延伸到今天。黃淑嫻在〈如果 K 在香港〉中這樣描述陳慧小說《K》的主人公 K：「一個扭曲的人活在一個扭曲的世界」。我有時覺得，活在亂世香港，每個人都是 K，每個人心裡都有一分荒誕感，都藏著扭曲的部分。我們無法消滅 K，只會不斷與 K 在亂世中相逢。怎樣與 K 相處？黃淑嫻選擇「破讀」。你呢？

2017 年 8 月 14 日

前言：深夜在街道上流連

黃淑嫻

一)

　　2014 年的暑假將盡，天氣悶熱，呼吸道逐漸閉塞，感覺鬱結，難受。這時候，我開始為《明報》學生報《語文同樂》寫專欄，大概兩個星期一篇一千字的稿，欄目的名稱是「生活文學」。雖然以文學為名，但不囿於文學作品。我很感謝編輯 Iris 給我機會，讓我的文字能夠跟中學生接觸，幾年過去了，我和 Iris 也成了朋友了。談藝術，我是非常高興的，老實說，我這個人對藝術的認識，不敢說多，但我懷疑要比生活的認識多。最近與一些愛好大自然的朋友，走到渺無人煙的效野，被奇狀的老樹包圍，好像穿越到了古代世界，感到要洞悉生活的複雜性，是一生無盡的命題，不是幾年的學位能修得。我在 2014 年暑假開始寫專欄，而事情發展下去，完全不是我預計的。

　　我寫的第一篇文章是關於蘇童的短篇小說〈告訴他們，我乘白鶴去了〉，因為報紙試版的關係，這篇文章完成得較早，我在 2014年 7 月 1 日交稿。我沒有把此文編輯入書中，所以希望在這裡談一下。〈告訴他們，我乘白鶴去了〉有這樣的一個故事：一個住在鄉村的老人家，因為政府推行火葬而終日憂慮，他可以接受死亡，但不能接受現代對死後的處理，他希望有一個黃昏，白鶴能帶他飛到西天去。他不懂事的小孫兒拿著鏈子跟老人說，他可以現在就把老人埋在泥土中，這樣老人便不需要恐懼火葬了。老人哭了，一步一

步步走進深坑，讓小孫兒活活地把自己埋在泥土中。這是小說的故事。蘇童的短篇小說技巧，卓越非凡，可以大談數萬字，但這篇小說最打動我的，是作者對小人物深刻的體會，把個人連起家庭及社會，當中總有不協調的地方。小說的視點站在人物的位置，而不是在道德的高位上來給予讀者一個結論。我的看法是老人家的觀點不合時宜，甚至迷信，但他活了這麼多年，有自己的生活習慣，不能認同當代的改變是應該同情的，哪怕這些改變可能不是壞事，甚至對大部分人是有利的。我相信香港上一代的老人家都曾經有這樣的憂慮，在這地少人多的城市。我們如何在社會的發展下，不忽視少數人的需要呢？在生活上或情感上。這一點可以引申至更多的思考，從蘇童的小說到香港的現實。回想起自己在寫這篇文章時，其實已經不知不覺脫離了傳統文學分析的關注了。

這篇文章在 9 月 19 日正式刊登，九天後，雨傘運動便開始了。這本書有 四十九篇散文，連同這篇序，總共五十篇，曾發表在《語文同樂》、《明報》、《明報月刊》、《號外》和《聲韻詩刊》上。最早的一篇是〈卡夫卡的黑色〉，寫於 2014 年 9 月 23 日，最後的一篇是〈六七動亂與香港文學〉，完成於 2017 年 11 月 1 日，橫跨香港動盪的三年。我視這書為我這三年所思所想的記錄，差不多每一篇都以一個文學或電影作品引入思考，在這嚴峻的時代中談藝術，談社會，談生活，書名定為《亂世破讀》，希望輯成書後與大家分享。很感謝宋子江 (Chris) 為書作序，解釋「破讀」的意思，希望我的文章能滿足他的定義。

我自己的本行是文學與電影研究，但這幾年看了不少文化研究的書籍，尤其是我辦公室樓上幾位出色的學者的文章，他們的文字擲地有聲，現在他們各自有更重要的發展了。很奇怪，這幾年閱讀文化研究書籍好像變成我生理上的需要，面對亂世，我需要尋找新

的方法，重新理解這個陌生的香港。再加上近年研究 1960 年代的香港文學與電影，兩個時代的衝擊好像同時撲在臉上，一時間不知如何回應。

　　藝術研究與文化研究有不同的方向，有時可以溝通，有時出現矛盾。文化研究關注集體的、社群的現象，引領我們理解社會問題；文學藝術多關注個人，帶我們鑽進看不見的、獨特的內心世界。現在這兩者對我來說都是非常重要的。蘇童的小說有很多層次，一方面是中國大陸的改革，另一方面是老人家的憂慮，還有年輕人無知的暴力，一層一層連綿的結構，在故事中滲透出來。我認為這是一篇關心當代中國社會老人問題的小說，通過藝術的表達，讓讀者有空間反思個人與社會，不是講大道理。我在書中所選擇討論的作品都是朝著這個方向。

　　《亂世破讀》的四十九篇散文，希望能夠做到以情入理，談文說藝，借助文化研究的啟發，思考文藝如何與社會對話。如何表達一己的立場，但不會成為一言堂？如何關懷社會，又不失藝術嘗試？如何說理，但不乏感情？如何談社會現象，但不忽視個人？這些大概是我近年關心的問題。

二)

　　《亂世破讀》有三個作者。我認識阮智謙和賴恩慈兩位是因為拍攝也斯和劉以鬯的紀錄片，阿阮是攝影師，阿 Mo 是執行導演。兩位本身都是導演，近年曾拍攝一些有關香港民生的電影和短片，有不少回響。我們關心社會，關心香港的變化，而我相信這是我們合作最大的動力。黃勁輝執導的紀錄片《東西》和《1918》在 2009 年開拍，一直到 2016 年在香港放映，兩位在不同時候加入製作團隊，

因為我是文學顧問，第一天便開始參與了。現在回想，我與他們有多一點的認識其實是在紀錄片完成以後，甚至是放映以後的事情。始料不及，人與人的相識總是帶點神秘的色彩，很難解釋清楚，這是生活有意思的地方吧。紀錄片拍攝了六年之久，無論是個人或社會，當中經歷了不少事情，我好像要到 2016 年才能稍為安靜下來，擦一擦眼晴，重新再看清楚一點，明白一點。當時我打算整理自己的專欄文章，但與兩位合作的計劃是如何開始想到的？我也記不清楚。可能是在倫敦某一個黃昏，在某一個轉角的路口想到的，說不定。但我清楚記得 2016 年 9 月 25 日的晚上，我從英國研究回來一個月後，我們三人在中環一間酒吧正式談到此合作，那晚還巧遇閻連科，所以我馬上跟他們說了〈把一條胳膊忘記了〉的故事，這正是《亂世破讀》中的一篇文章。從那天起，我們來來往往的討論攝影和文字之間互動的可能性，現在轉眼已有一年了。

從某個角度看，這書可以視為我們三人的日記。大家在這幾年間各自在自己的生命軌跡中經歷了一些事情，遇到一些人，失去一些人，走到一個地方，離開一個地方。有些是共同經歷的，有些是個人的際遇，心中百般感受，各自以影像和文字記錄下來，沒想到有這一天，三個本來互不相識的人，他們的日記可以聚合在一本書中，產生互動。這本日記是個人的，同時又緊密地與香港牽連著。

這是一本攝影與文字對話的書，先有文章，然後兩位以攝影回應。阿阮的攝影是比較寫意的，阿 Mo 的攝影是比較寫實的，是兩種不同的力量。兩位的作品放一起，好像是一個人的兩面。這一年間，我們三人有過無數次的討論，由整本書的結構，到每一篇文章和攝影的對話，以至圖解，我們都有仔細的討論。因為不打算配合什麼書展等大節日，所以大家都以慢調子進行，鬆鬆散散的步伐前行。有時大家相約出來討論，但最後整晚都在談東說西，談電影的好壞，

談環保生活的實踐，談政策的得失等等，然後忘記了談「正經事」。然而，我認為這才是真正的對話。現在回憶過去一年的討論，總會記起不同餐廳的場景和深夜的酒聚。我相信數十年後，當《亂世破讀》只會在圖書館封塵的角落找到時，這些回憶還會以新鮮的氣味留在我腦海中。

　　這個年代我們活得不快樂，這個城市酸壞了，但有幸我們還有一些同道的朋友，共同合作，有些朋友甚至為社會而犧牲。希望這個城市能夠早日康復。

　　　　我們在街道上流連
　　　　深深的夜晚
　　　　無人的巴士站
　　　　街燈是千年樹影
　　　　廢墟般的都市
　　　　破曉會否來臨
　　　　你說
　　　　一切會否如常
　　　　看見朋友的笑臉

2017 年 8 月 22 日

生活的文學

生活的文學 ／ 阮智謙

亂世破讀

鄧阿藍和馬若的詩，兼談也斯的序

一）阿藍

　　上星期，天氣越出了常規，異常寒冷。在這個陰冷的早上，我與大學的創作課同學一起閱讀鄧阿藍的詩作〈寒夜的早晨 —— 給工讀生〉(1982)，二十歲出頭的大學生對作品有很多看法，當中有些觀點值得我細想、回味、反思。讓我們從詩最後的一段開始說起：

> 晨風吹來寒氣
> 也吹來學童的朗讀聲
> 我把窗簾撥開
> 聽那熱鬧的市聲
> 從街上傳上來
> 手觸著的窗簾
> 彷彿在傳遞暖意
> 在這麼寒冷的早上
> 還有一些樓窗打開
> 面對陰天的鄰人
> 有些做著早操
> 有些晾著衣物
> 衣物在寒風中
> 揚起暖暖的色素

這首詩寫一個工讀生的所思所想，他白天工作，只能在晚上和早上，榨出一些時間來溫習功課。全詩分四節，詩人營造了一個讓讀者想像的場景：一個人獨坐在房間中看書，天氣寒冷，窗簾飄蕩著。阿藍擅於在他的詩中設計場景，好像電影和話劇一樣，例如〈賣報紙的老婆婆〉，老婆婆在社會福利署前賣報紙，天下著大雨。這個場景充滿意象，也富批判性。〈寒夜的早晨——給工讀生〉中的房內獨自閱讀場景，也給讀者帶來很多想像，甚至可以為主角編寫一個故事。

我和學生討論到這場景的一個特點：窗外與窗內的關係。窗內是孤獨的詩人，面對著理想與矛盾：一方面希望學習，一方面要為生計奔波。他只能在別人休息的時候看書，正如他在詩中寫到「疲倦使人渴睡／我只能在入睡前／寫下零碎的筆記」。然而，窗外的世界又是如何呢？詩人是如何面對窗外的現實？我認為這是全詩最重要的部分。

詩最後一段寫到，天氣轉冷，詩人把雙手伸出窗外，感受變化，然後他聽到窗外早晨的市聲，看到市民的生活，有做早操的的老人吧，有曬晾衣服的婦女吧，還有在讀書的兒童，這些現實的聲與畫都一一在他面前。詩中最後的兩句，寫到這位詩人雖然生活艱苦，但能夠在眼前的現實生活中，尋找到溫暖。他看到的是衣服顏色帶來的暖意，他對外面的人和事有認同感，因為他們都是「面對陰天的鄰人」。對於詩這樣結束，有學生回應，如果是現在的作者，一定不會這樣寫了。阿藍那種對現實有批判，但總會默默的捱下去的精神，我們這一代有點不一樣了。我下課後，一直記著這位學生的話。近年香港發生的事情，兩代矛盾是核心，在日常生活的場所經常遇到，在課堂也會遇到。我跟那位學生有點熟，她不是隨便說一說的，有修讀香港五六十年代文化課程的她，明白歷史，對舊一代

的香港文化有認識，甚至喜愛。她真心的喜歡這首詩，但也真心的感到時代的差異。

阿藍做過不少基層的工作，包括工廠工人和巴士站長等。他在八十年代在澳門東亞大學公開學院兼讀文學士學位，是一位追求知識的人。我們看 1960 年代的舊香港電影，經常會看到「讀夜校」的青年，因為種種原因，他們沒有太多讀書的機會，希望在夜校裡可以補充自己的不足。他們會學習實用的英語，在殖民地的社會中，對工作會有幫助；但我想這未必是他們讀書的唯一目的，希望理解這個世界也可能是另一個重要原因。我猜想因為如此，當詩人獨自在房間夜讀的時間，雖然感到疲憊，而且對現實有種種不滿，但因為意志讓他感到內心溫暖，這種就是「為興趣」而讀書的態度。當他伸手到窗外，聽到兒童的朗讀聲，這個對比，本來可以啟動作者更多不滿現實的情緒，但這沒有發生。詩人最後感到的是溫暖，詩人好像在辛勤的閱讀中尋回一種身份，那種身份是他在殘酷的現實中沒有得到的。

那位同學感到今昔的差別，我想其中一個原因是現在香港社會對知識追求有不同的定位。我從日本回來後，感到與香港社會格格不入，這還是我第一次感到的。一大堆新教育制度的規條，令我這個教育界新丁措手不及。本來副學士有好的出發點，讓公開考試失敗的學生有多一次的機會，但最後來是把大學變成年輕人唯一的出路，其他的可能性與發展都不再重要了，社會的價值觀變得單一，擁有不同才華的年輕人得不到發展。

回頭看，我在回歸前後在香港大學讀博士，可能是博士教育最後的美好時光了。那時候，你可以真的花時間去研究一個題目，掌握一個學科，修讀時間不是太緊張。現在一個博士生如果不能在三年內準時畢業，就會衍生出很多麻煩。這個體制愈來愈多規範，控

制著個人的發展，真的有幫助其實很少。在這樣的社會中，新一代的學生很自然普遍視讀書為功能性的項目，最重要是有證明文件：所以你去辯論比賽，有證書；你去電影欣賞會，有證書；你去讀書會，也有證書。

我們在阿藍的〈寒夜的早晨——給工讀生〉看到一個在社會基層工作小市民的苦況，但他讀書並不光是為了一張畢業證書吧，而是抱著對知識的追求，所以看書反而讓內心感到滿足，在俗世中看到清泉。當然，你會說阿藍是很特別的，當然他是特別的，但這不妨礙我們反思自己身處的社會如何把教育變得功能化。說到這裡，大概我還是要高興吧，雖然社會如此，我現在還是可以在課堂中與同學分享這首詩，談大家的不同看法，希望這自由的空間可以延續下去。

二）馬若

下課後，我走到了大學的另一邊，聽了一場精彩的講座。講者以詳細的資料分析銅鑼灣書店的「被失蹤」事件，他引官方的說話，細閱他們的用詞用語，拆卸文字的意識形態。身為資深記者的講者，曾經有過非常不尋常的經驗，對中國政治形勢有深入的認識和親身體驗。在發問的時段，有觀眾問他感到香港安全嗎？他說他本來覺得香港是安全的城市，但銅鑼灣書店事件後，有了另外的感受了。我們這些在學校教書的人，當然不能夠完全了解他的危機感，但在這混亂的年代，這種不踏實的感覺，瀰漫著整個社會，滲透到每個階層，進入你的骨髓。本來是較穩定的教學工作，現在也說不定了。如果你告訴朋友，你在大學教書，一般朋友總會以為你是一世無憂，很可惜，自從我開始教書，大學的環境已經徹底改變了。現在我認

至少思緒不能被困著 ／ 阮智謙

識很多博士畢業的朋友，很多都是在學院以合約的形式聘請，不續約的例子我可以隨便告訴你十數個；更有一些找不到工作。不是我特別對體制懷疑，冷不防有一天，整個體制也會在一刻間改變，沒有人會向你解釋。我們的腳不是走在地上，浮游於半空，暫時沒有著陸的時間表。在這種狀態下，讀馬若的詩別有一番滋味，甚至可以說能達至某種功能性。為什麼？因為它能夠為我做好最佳的心理準備，而首選的作品是〈這些日子我過得很瀟灑嗎〉。

這首詩寫於 1977 年，當時馬若應該是失業吧，他在詩中以反諷的語調，說出他的心情：

> 我知道這些日子我過得很瀟灑
> 我失掉工作卻得到很多空閒的時期
> 我現在可以雙手插著褲袋慢慢在街上踱步
> 我現在可以逐間百貨公司去認識
> 我現在可以走更遠的路

如果有一天失業，這肯定是我的學習對象，好像詩人一樣，以瀟灑的姿態看這個城市。我喜歡詩的幽默感，擺著一副自由自在的態度，其實是苦中作樂。「我知道我過得很瀟灑」這一句在詩中，以富節奏性的步伐出現了多次，而其中「我知道」這三個字是重要的，因為它強調了詩人不是真的快樂，而是在清醒的狀態中讓自我沉迷。詩到了最後，我們可以清楚聽到詩人憂慮的聲音，以反諷的文字書寫出來。馬若的詩作善於以畫面抒發感情，不露痕跡，這首詩的結尾是這樣的：

> 我現在可以做別人認為無聊的事了

我覺得有趣

我大聲地笑

我失掉工作

我並不憂慮

這些日子

我知道我過得很瀟灑我感動

我感動地望著眼前的大海閃著

一片一片迷濛

　　詩人一個人面對著大海，重複書寫「我感動」三個字，把自己壓抑的情緒抒發出來，而面前的大海是迷濛的，前途不明朗的。好了，我現在的問題是，如果我們這一代真的有一天失業了，我們能夠像馬若那樣對著海抒發感情嗎？充滿幽默感嗎？這次輪到我了，好像班上的同學一樣說：「我們這一代不會這樣子的」。如果我們仔細看一看，馬若詩中的胸襟是建基於一個消失的香港文化，現在很難尋回了。

　　我很喜歡馬若寫有關大自然的詩，他有很多這方面的詩作，例如 1976 年的〈登鳳凰山觀日出〉，以詩來記錄一次登山的過程。六七十年代的香港人喜歡郊遊，我父母也經常相約朋友行山，天未光便興致勃勃的準備出發，我現在還記得父母出發前的表情。〈登鳳凰山觀日出〉寫一眾朋友登山看日出，但過程中不是一帆風順，他們遇到濕滑的石頭、崎嶇的山路，有些人考慮是否需要走下去，想離開。詩是這樣寫到：

山愈爬愈高

愈陡峭愈寒冷

貼著銹黃色的石壁

觸手的山巖層層剝落

從頭上掉進深深的陰谷

有人開始猶豫了

想要回轉頭

又不想回轉頭

　　馬若的詩沒有豪情壯語，總是從日常生活、基層生活看人生。這一段，有趣的地方是，文字可以視為如實的紀錄，一種旅行的經驗，但同時也是人生的比喻，在人生的路途上，我們遇到困難時而感到猶豫的時刻，表達了詩人對人生的觀察。正如《這些日子我過得很瀟灑嗎》一樣，這首詩是以自然環境的畫面作結：

我走到一棵松樹旁

看見無邊的大海

一條小船在白霧裡行駛

在白霧裡消失

　　詩人看到大海中的一條小船，在大霧裡行駛，它是迷失方向？還是目標明確？無論如何，這都是一個航行的過程。這個畫面也可以視為人生的比喻，與前面的比喻呼應。馬若詩的情懷是建基於一個還未高度城市化的香港，那時一般年輕人會相約到郊外旅行，很自然的。失意於資本主義社會中的青年，大自然的空間讓他感到安慰，哪怕這是短暫的安慰。然而，現在我們很難回到這個狀況，香港的海小了，山好像沒有這麼高了，空氣充滿了污染，人與人之間充滿了懷疑。我們都是在這種條件下經營我們的生活，有趣的是，

我們好像習慣了。不同年代的人都會遇到生活上的困擾，現在困難仍在，甚至加劇，但香港讓我們可以紓緩的空間減少了，不容易發展出馬若那種直抒胸臆的幽默感。

三）也斯

在我書桌上的這本書，名為《兩種習作在交流》(2006)，這是鄧阿藍和馬若的詩集，由陳智德主編，我在一個偶然的機會下買到的。這本書的設計有心思，每一頁的上半部是馬若的詩，下半部是阿藍的詩，把兩人的作品隨著年代羅列出來，從遠到近。以上所討論的詩，都是來自這本特別的詩集。

《兩種習作在交流》是由也斯寫序的，也斯和兩位詩人是好朋友，他們是同年代的人，但也斯的序沒有從他們個人的友誼開始寫起，反而是從當時的社會問題入手。也斯在世的時候，經歷了天星碼頭和反國教事件，序中他談到前者。他認為從這個「顯眼的地標」的拆卸，我們應該反思香港不少「不顯眼」的文化，其實在無聲無息中消失，例如香港文學。一直以來，不少作家為香港文化記下了很多寶貴的事與情，但他們的作品都沒有得到保留和尊重，也斯在序中寫到香港「在表面熱鬧的活動底下仍然是一片荒涼。」

這是十年前的香港，現在回看，香港變化了很多，而這些改變好像是突如其來，卻處處可以找到痕跡，只是你當時沒有察覺罷了。也斯在序中把社會事件連結起馬若和阿藍的詩作，好像希望在兩個極端中思考這座城市，一方是社會運動，一方是抒情的詩文，他嘗試尋找兩者當中有可能的關連。也斯認為香港文學是邊緣中的邊緣，這兩位善於寫基層的生活的詩人，他們的作品感情自然流露，又富於藝術手法，但可惜一直沒有得到社會的關注。

也斯在這兩位詩人身上，能夠找到更多的認同感。然而，站在此時此刻的香港，我感到與上一代文人前輩的社會確實有很大的距離了，我沒有辦法騙自己這差異不存在，但差異不應該是阻礙我們欣賞文學的原因吧。馬若和阿藍的詩不一定直接回應了現在香港的問題，但他們在詩中所呈現的香港，可以讓我們理解現在缺乏的是什麼、失卻了什麼。哪怕這可能是永遠不能尋回來的東西。

刊於《聲韻詩刊》第 29 期，2016 年 4 月

Focus ／ 賴恩慈

記住的、忘記的細節

也斯的盛世危言

　　細節總是耐人尋味。有時在天氣反覆的日子，記憶讓我們走進被遺忘的細節長巷，一個眼神，一個動作，一句留言，隨著樹影的晃蕩，風帶動起想像與懷疑，叫停我們急速的腳步，讓我們彎下腰，拾回掉在地上的感覺，然後帶著微笑繼續上路。是的，我真的忘記了也斯曾經寫過這首詩，直至到一個月前，我到澳門的嘉模會堂演講，一切又好像活現在眼前，自己甚至有點激動起來。

　　那個下午天氣開始轉冷，下著雨，大浪，船一高一低艱苦地爬行著。無論你是賭錢的、度假的、探親的，或者好像我這樣演講的旅人，在大自然坦率的節奏下都享有公平的待遇。帶著受創傷的腸胃走進會堂，聽眾不是很多，但富歷史感的歐洲建築物自有一番文藝氣息滲透出來，讓人感覺放鬆、自在。我從來沒有想過也斯與澳門這個課題，記起只是有一、兩次與他過大海，最後一次應該是 2012 年，參加他中葡詩集《重畫地圖》的新書發佈會，還認識了他的葡文翻譯者 Beatriz Brazil，但細節都忘記了。

年輕的夜晚

　　最近再翻開也斯的第一本詩集《雷聲與蟬鳴》(1978)，記憶的細胞突然活躍起來。也斯當時已經刊登了一組澳門詩，總共七首，寫於 1973 至 1975 年間。他寫過大三巴牌坊、關閘、巴掌圍、南灣小咖啡室等，記下了七十年代新舊交替的澳門。〈避雨南灣小咖啡店〉最後的一段是這樣寫道：

建築中的澳氹大橋

　　兩端未連起的缺口間

　　海水顏色由淺而深

　　漸去漸遠

　　連接起遠方

　　煙雲混淆了的山形

　　在那曖昧的地方

　　正是陰晴未定

　　也斯在七十年代的創作，無論是詩或是散文，都呈現了對急速都市化的憂慮。在這方面，澳門的情況要比香港好多了。然而，也斯無論走到哪裡，都懷著對香港的情感，從異地反思本土。兩段還未合成的橋——這個帶點超現實的視覺形象，可以預示社會未來的團結，也可以是決裂的開始。詩人關懷社會的新發展與舊文化之間的磨合，不是反對現代化的建設，而是擔心在現代化的過程中，對舊有的人情社區帶來不可挽回的破壞。這是七十年代也斯的澳門。

　　澳門在 1999 年回歸，也斯在這段時間也寫了一組澳門詩，其後在澳門故事協會以中英葡語出版，很有意思。這組詩包括了〈試酒〉(1998)、〈錢納利繪畫濠江女〉(1998)、〈詩人庇山耶蜷睡在一張澳門的床上〉(1998)、〈葡萄牙皇帝送中國皇帝的一幅掛毯〉(1998)、〈峰景酒店的一夜〉(1999)、〈在金船餅屋避雨〉(1999)、〈吳歷在灣畔作畫〉(1999) 及〈家傳食譜秘方〉(2003)。我對於這組詩的印象比較深刻，通過也斯的詩，我才知道錢納利這個從英國逃到澳門的畫家，而香港文華東方酒店內的 The Chinnery Bar 也是以他的名字命名的。

　　殖民地澳門的另一個地標是峰景酒店，可惜我從來沒去過。回歸後，它是葡萄牙駐港澳總領事官邸。在結業前，一房難求，價

Save some time ／ 賴恩慈

錢也非常昂貴。我隱約記得也斯說過，他以前曾入住過峰景酒店，那個時候還不是五星級酒店呢。我們果然可以在〈峰景酒店的一夜〉找到了他過去的足跡：

> 這兒曾有我們年輕的夜晚，第一次
> 不覺疲倦地走遍小巷，沿街看
> 謙卑的營生，夜來投宿破落的旅館
> 民生的智慧總不會輕易消失

我很喜歡詩中那句「年輕的夜晚」，充滿著自由奔放的想像，那時候可能才是峰景酒店風華正茂的歲月，與民生緊扣在一起。現在，峰景酒店已經成為了殖民地歷史的象徵了，過去了。

步入空寂無人的別院

是的，我真的忘記了也斯曾寫過這首詩，這首詩的名字是〈鄭觀應在大屋寫作《盛世危言》〉。我在講座中，在殖民地的氣氛下，我記起這間古雅的鄭家大屋，現在已成為了重要的文化遺產。我第一次到鄭家大屋，是 1998 年與也斯和香港文化界朋友一起。印象中，那時鄭家大宅是非常破落的，裡面住著多戶人家。不知為何，這個經歷，我沒有放在心頭，直至我在講座中，完完整整的把這詩讀了一遍，我突然好像明白了一些東西，內心滾熱起來。

鄭觀應 (1842-1921)，祖籍廣東香山縣，世居澳門。他曾在上海工作二十多年，對西學有濃厚的興趣，推廣洋務運動。他在 1886 年回到澳門，關在鄭家大屋寫作，思考如何建設當時落後的中國，最後寫了《盛世危言》。我們在大屋裡隨意走走，記憶中應該是有澳

門朋友帶著我們吧。我看到也斯在一扇破落的窗戶前站著，不知道他在想什麼，我的記憶就只有這個畫面而已。在講座中，我讀到詩中的一句：「你為了澆漓的風俗在竟夜寫字／你不相信文明就該只是昏瞶」。腦海中自然地把這兩句詩，變成了那個畫面的字幕，想像也斯站在窗前那一剎那內心的感受，不知是否記掛著回歸後的香港。

雖然鄭觀應和也斯所處的社會環境完全不一樣，但鄭觀應那種以著作改革社會的盼望，我相信也斯是感動的。回想當年回歸前後、爭拗不斷的香港，也斯書寫《香港文化》一書，目的不也是希望更多人理解香港、改變對這個城市的偏見？然而，我們眼前的鄭家大屋是破落的豪宅，那種力不從心的感受，像霧霾一樣瀰漫著當時的社會。個人的力量能夠在大時代做些什麼？詩中最後的一段寫道：

> 高曠的大屋一天一天變得殘蔽了
> 地產商和有司的爭執沒有解決問題
> 歷史只是一堆破磚爛瓦嗎？
> 高牆外綠蔭中好似掩映舊日樓瓦簷角
> 撥開野草和蜘蛛網
> 步入空寂無人的別院

也斯活過了香港的盛世，為香港寫下無數富啟發性的故事，現在他可以撥開野草和蜘蛛網，步入空寂無人的別院，好好的休息了。而我們，留在這個危城亂世，繼續為這城市記下更多的故事。

撐下去吧，帶著微笑。

紀念也斯逝世四週年
刊於《號外》2017 年 1 月號

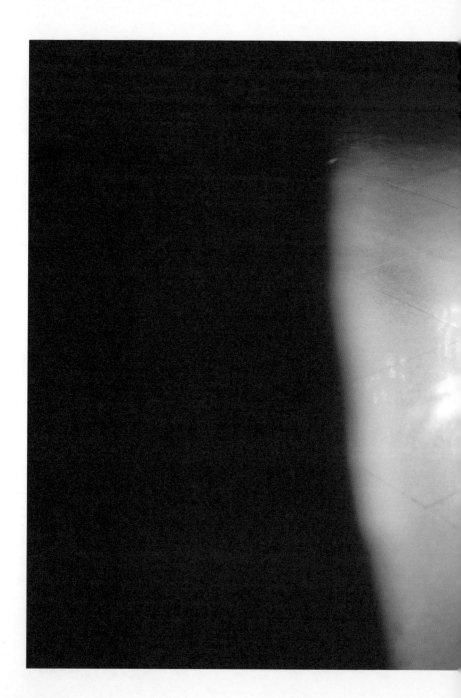

也許我們曾在不同的時候遇上這片光 I ／ 阮智謙

也許我們曾在不同的時候遇上這片光 II ／ 阮智謙

此時此刻重讀〈羅生門〉

一對有錢的夫婦，路經竹林，不幸遇上大賊，最後丈夫死了，女的慘遭大賊污辱。這個看似簡單的故事，需要讀者解答一個不簡單的問題：究竟誰是殺死丈夫的兇手？

日本著名小說家芥川龍之介 (1892-1927) 在 1922 年發表了一篇短篇小說〈竹叢中〉。小說講述七個人物分別向警察作供，圍繞殺人案吐露出自己的經歷與感受。在自白中，大賊的第一句話直認男人是他殺死的，他更認為殺死這些有地位的男人輕而易舉。然而，當女人作供的時候，竟然承認自己才是殺死丈夫的兇手，因為她不能忍受丈夫以厭惡的眼神，對於她的不幸的遭遇一點同情心也沒有。到了最後，丈夫的鬼魂也來了，他在冥界中告訴大家他是自殺的，因為他對妻子不忠的行為感到羞恥。

小說最後沒有告訴讀者誰是兇手，細心閱讀，問題其實不在於誰是真兇這個課題上。小說通過七個人物的第一人稱敘事，讓讀者看到每一個人在訴說同一件事情的時候，其實多從自己的立場出發，甚至不惜改變事實來維護自己。大賊要強調自己的勇武；女人把她對丈夫潛藏的怨恨爆發出來；丈夫則要維持男性的面子。《竹叢中》的經典之處是它呈現了所謂真實是相對的。

我們距離芥川的年代快有一個世紀了，但現時重讀〈竹叢中〉仍然有很大的啟發。我們活在一個聲音多元的年代，每個人都可以為一件事情發表意見，圍繞著我們的是各自不同演繹事情的聲音，當中可能產生令人困惑的矛盾。〈竹叢中〉讓我們明白到這些矛盾其實是源於不同的立場。

然而，活在此時此刻的香港，理解不同的立場只是瞭解事情的第一步，在現在香港這樣極端的情況中，我們似乎不能迴避對或錯的問題，我們亦需要守護一些做人的基本價值與道德。在多元的社會中，我們很容易迷失於紛亂的意見中，好像所有立場都有自己合理的說法，讓我們失去自我分辨是非的能力。日本導演黑澤明的電影改編為我們提供了一個方向。

　　黑澤明把芥川的〈竹叢中〉和〈羅生門〉兩個短篇小說改編為電影《羅生門》(1950)。電影獲得威尼斯國際電影節金獅獎，讓芥川的小說受到世界的注意。《羅生門》是電影經典中的經典，它優美的黑白攝影，捕捉人物在寧靜環境中的躁動，表現了小說中壓抑的情緒。在電影的結局中我們看到，經歷過世界大戰的黑澤明並沒有對人性失望，雖然小說對人性充滿懷疑，但他在電影中加入了對未來的肯定、對生命的尊重，他的人文精神是讓人感動的。當事情失去控制，當事實變得模糊，我們更加需要以理性分析，明白不同的見解，大膽與真誠地表達自己的看法。

寫於 2014 年 10 月 6 日
刊於《語文同樂・生活文學》2014 年 10 月 17 日

高牆・雞蛋・馬拉松

　　村上春樹在德國《世界報》的文學頒獎典禮中，再一次說到高牆與雞蛋的比喻，更進一步以此比喻勉勵在香港參與佔領的大學生。引自《明報》的報導，村上大概是說年輕人反抗不公義的「高牆」，而終有一天他們是會成功的。我們還記得，村上曾在 2009 年說到：「無論高牆是多麼正確，雞蛋是多麼地錯誤，我永遠站在雞蛋這邊。」這個說法帶給我們很多思考的空間。為什麼村上這樣支持雞蛋的一方？高牆的高，是用來維護少數人的利益。村上支持一個真正民主的社會，它能夠容納不同的意見與爭論，而不是建立一個給少數人的安樂窩。

　　高牆與雞蛋確是一個很鮮明的比喻，因為兩者擁有非常對立的形態，一硬一軟，一高一低。然而，我自己更感興趣的是比喻背後的事情：從村上的角度看，雞蛋怎樣可以獲得成功呢？我們繼續看《明報》引述村上的發言：「……通過安靜而持續、不失信念地去唱及去說故事，那些關於更好更自由的世界的故事……」作家不是給我們救亡的具體的方法，而是引領我們走進啟蒙的思考路。雞蛋怎樣可以獲得成功呢？我想，信念的堅持是成功的重要元素。

　　是否只能在偉大的時代中，才能衍生出堅持不懈的精神？大概不一定吧。讓我們看看村上的生活習慣，瞭解信念的堅持是如何在日常生活中培養出來。馬拉松是村上喜歡的運動，他在不少散文中都有提到。他的一篇文章〈為了不健全的靈魂而做的運動——全程馬拉松〉尤其值得細讀，收於《尋找漩渦貓的方法》的圖文集內。跑馬拉松是為了什麼呢？有些人是為了健康，有些人是為了興趣，

高牆・雞蛋・馬拉松 ／ 賴恩慈

村上是為了認識自己，他想到他「會更想看清楚潛藏在自己心中自己尚未知曉的東西，想把那一直拉扯到陽光照得到的地方來……」馬拉松是一種持久戰，不是你跟其他跑手的比賽，而是你自己跟自己的比賽，只要內心的信念有一點點的動搖，例如「跑不完也無所謂啦」的想法，那我們就這樣輕輕的輸掉了。所謂輸贏，對於不是專業跑手來說，不是爭冠亞季軍，而是面對自己。村上相信只要堅持信念，就會成功，大概這是他從跑馬拉松的經驗而來的。

村上與漫畫家安西水丸合作出版了不少書籍，安西的風格童真、幽默和富自由的色彩。他為〈為了不健全的靈魂而做的運動 —— 全程馬拉松〉一文所配的繪圖，非常可愛。在一張圖中我們看到不同國籍的跑手，有男有女，衣服各式各樣。有的很嚴肅地努力跑，有的慢吞吞地喝著水，旁邊有不同國籍的拉拉隊朋友。畫面雖然帶著遊戲性，但配以村上富反省性的文字，讓我們感受到信念的堅持就是在日常生活的事情中，甚至是在遊戲中默默地培養出來。

寫於 2014 年 11 月 12 日

刊於《語文同樂・生活文學》2014 年 11 月 28 日

李香蘭藝術工作坊
教育遺場馬拉松 ／ 阮智謙

小公務員之死

　　從小到大，我們的生活是學懂與別人相處，但偏偏與人相處不是一件容易的事情，有時甚至是非常困難的。在一個小小的課室裡，同學和老師來自不同的背景，有不同的愛好，我們不可能與每一個人成為推心置腹的朋友。事實上，囿於自己的想法，有很多事情是我們一廂情願的，人與人之間充滿了誤解。〈小公務員之死〉以黑色幽默的風格，為我們說明了溝通的困難。

　　著名俄國文學家契訶夫 (Anton Chekhov) 是文學界的超級偶像，他與莫泊桑和歐亨利常被並稱為「世界三大短篇小說巨匠」。契訶夫的短篇名作如恆河沙數，例如我很喜歡〈會說話的風〉，以抒情的手法寫男女心理對感情的猜疑與滿足，非常特別。契訶夫的劇作也是很出名的，例如《三姊妹》和《櫻桃園》等，每幾年總會有香港劇團排練上演。

　　契訶夫原是一位醫生，大概他的職業讓他更能明白平民百姓的焦慮。只有短短二千字的小說〈小公務員之死〉，講述一名在政府部門當小職員的切爾維亞科夫的故事。一天，他在劇院開開心心地看歌劇，突然忍不住打了一個大噴嚏，唾沫濺到前方一位文職將軍的頭上。他馬上上前道歉，將軍說「不打緊，不打緊……」，但切爾維亞科夫擔心自己得罪了上級，仍然不斷地、不斷地道歉，更兩度前往將軍的辦公室認錯。工作繁忙的將軍大叫他滾開，害得切爾維亞科夫臉色發青，回家後即在恐懼中死去。

　　為何打一個噴嚏會讓主角如此恐懼？甚至因此而死去？牢牢的階層意識是主人公的枷鎖，哪怕將軍其實不是他的直屬上司。對他

坐在雀籠下的男人 ／ 賴恩慈

來說，唾沫濺在一個普通人的頭上，跟濺在將軍的頭上是兩碼子事情。在小說中，將軍其實沒有準備責怪他，全部事情都是切爾維亞科夫自己想像出來的，他過份憂慮了。

然而，我們讀者不會因此而嘲笑這個小公務員。讀完的第一個感覺，你可能會認為切爾維亞科夫太傻了，「老闆」明明沒有把事情掛在心上，他是庸人自擾。但當你再想下去，深呼吸一下，你會感到小說的沉重。那些處於社會體制內的基層人物，他們可能無法解讀自己以外的世界，究竟上司說「不打緊，不打緊……」是真心的嗎？還是會秋後算賬？那種彷彿觸犯法律的感覺，讓他們產生無形的恐懼。

閱讀契訶夫的小說，讓我們欣賞到短篇小說的藝術，如何處理結構、氣氛、人物和情節等，確是非常精彩，但最大的得益還是對人性的理解。我們周邊有很多朋友，有些是快人快語，有些是心事滿懷。我們不妨與他們多說些話，關心他們在想些什麼。如果切爾維亞科夫有這樣的好朋友，幫他分析一下，他或能夠多活幾年呢。

刊於《語文同樂‧生活文學》2015 年 3 月 6 日

來放鬆吧 ／ 阮智謙

烹調記憶

我們的口味是在成長的歲月中以文火烹調出來的。我自己不吃辣，原因很簡單，因為我父母不吃，媽媽從來不會在家裡煮任何有少許辣的菜餚，現在辣味當道，我就無福消受了。我絕對不是在抱怨，每個人的口味有自己的際遇，不能強求，我相信父母留給我的口味是獨特的。

有趣的是，這些家庭口味不會隨著年齡增長而消失，反而印象更深刻，現在我每天三餐的選擇必定蘊藏了這些舊味道。台灣作家須文蔚和郭怡青兩位合著的新書《烹調記憶 —— 做一道家常菜》(遠流出版社) 以人物傳記的寫作方法，通過生動美味的文字，為讀者訴說十位不同背景的人，他們最懷念的十道家常菜，以及食物背後或溫馨或辛酸的歷史，非常值得一讀。

《烹調記憶》的第一個故事相當富傳奇色彩，從一碗平凡的南瓜麵疙瘩開始，帶讀者走進台灣心理學教授黃光國的記憶。今年七十歲的黃光國，父親是台灣人，1930 年代父親與太太從台灣到中國東北工作，成為末代皇帝溥儀的御醫。黃光國在 1945 年出生，日本戰敗後，父親被溥儀選中，跟他一起逃走。黃光國的媽媽因此與丈夫失去聯絡，只能帶著三個小孩子逃回台灣，希望丈夫有一天會回來。然而，直至到黃光國長大成人，一直沒有見過這個在人間消失的御醫。到了 1970 年代，黃光國在美國修讀博士，在朋友的幫忙下，終於查出父親其實已經在 1959 年過世，死於中國。當年老的媽媽知道這個消息後，喃喃說：「1959 年，那就是民國四十八年，那麼早就走了。」

這個真人真事非常感人，一個女人帶著三個孩子走難，內心不斷掛念著下落不明的丈夫，怎知丈夫已經在懷念的歲月中靜靜的消失了。須文蔚以小說的筆法書寫，作者總抓緊日常生活的片段，細密地訴說人物內心的感情，食物就在這裡走進故事。我很喜歡文章寫到黃光國的媽媽買豆腐的一場。父親失蹤後，一天母親如常在街上打聽丈夫的下落，順便買豆腐回家做飯，怎知槍聲響起，市面大亂，然後須文蔚寫道：「流彈咻咻呼嘯而過，於是她拔腿狂奔，回到家中，定下神來，才發現豆腐已經化成一灘水。」(頁 22) 這段文字很精彩，以豆腐那麼溫柔的食物，寫出在一個女性要獨立面對在大時代的淒涼。

篇章以南瓜麵疙瘩為標題，非常有意思。這碗南瓜麵疙瘩是東北人普遍的民間食物，很容易烹調。我們香港人對這麵食可能比較陌生，但不要緊，《烹調記憶》一書內介紹的十道菜，作者會附上細緻的食譜，更請了不同的廚師示範烹調，圖文並茂，讀者看完故事後，可以跟著做，非常好玩，這是一本充滿個人記憶的食譜。

我可以想像《烹調記憶》在成書的過程中是非常有趣的，須文蔚和郭怡青兩位走訪不同的朋友，大家一邊吃，一邊談到過去與未來，分享喜與悲，這就是人文關懷的日常風景了。

刊於《語文同樂‧生活文學》2015 年 3 月 27 日

在巴西街頭的媽媽 ／ 賴恩慈

詩、減肥與香港

前陣子，在金鐘佔領的街頭，我看到了以下的句子，我在心裡大聲讀了一遍：「卑鄙是卑鄙者的通行證／高尚是高尚者的墓志銘」。這是中國詩人北島的著名詩作〈回答〉，發表於 1978 年。在整首詩中，我們可以聽到詩人對現實鏗鏘有力的反抗聲音，詩中的情緒移至今時今日的香港社會，以清脆的粉筆字寫在金鐘的馬路上，印象非常深刻。

很多不常看詩的讀者，總會對詩有很多誤解，例如認為現代詩是抽象、難懂、純粹個人表達等等，但〈回答〉這首詩正正可以看到人與社會的關係，可以引發不同讀者對生活的反思。有趣的是，我們可以不在刻意背誦的情況下，把詩的句子記下來，這就是詩獨有的力量，不能代替。這裡為大家分享一下「超凡學生」袁兆昌的詩集《肥是一個減不掉的詞》(2014)，我們同時可以看到本土詩人如何回應香港近年的社會問題。

詩集的名字，引起我的興趣。我認識詩人的時候，他好像是一個瘦弱的男孩，有著動人的歌喉，拿著結他，自彈自唱，非常動人，但正如他在後記寫到，隨著成長，他的身型也改變了，但幸好，美麗的歌喉沒有改變。我們的社會對肥胖是非常嚴厲的，尤其是對女性，絕對要比道德、人情與學問看得嚴重。袁兆昌一方面是談自己對減肥的看法，但同時把減肥的觀念引申到生活與政治的層面上，跳出純粹個人的問題，反思社會。袁兆昌的減肥觀念大概可以這樣理解：(一) 肥胖總是令人討厭的，這讓他連起在社會上處於邊緣的人士；(二) 肥胖又是一個警號，一些事情已經過份了，失去了原有

的意思，好像社會上的一些事情。

《肥是一個減不掉的詞》對於現代生活和社會政治的反省，尤其出色。詩集中有兩首詩，我特別喜歡，第一首是〈情人節可接的吻〉，詩的開始是這樣的：

> 總有人以為牽手的男女談的是戀愛
> 以為情人端來的禮物自己一定喜愛
> 鍾情甜美的語言與吵架的快感並且
> 認為自己像政府一樣往往絕對正確

第二首是〈還〉，以下是詩的開頭：

> 請把你掌握了千年的沙還給我
> 讓我還給大海還給那些生活在底層的
> 沙，讓沙還給地表讓地表還給本來
> 活在沙裡的生物。那些生物需要瓦頂

〈情人節可接的吻〉是關於愛情，我們對感情總有很多特定的想像，例如一定是男女關係、一定在情人節收到禮物等等。作者幽默地告訴我們，這些都不一定是對的；加入對政府的諷刺，令人會心微笑。〈還〉我認為是一首有關環保的詩作，正視社會上的土地問題。詩與社評是不一樣的，文學的形式與文字有特別的意義，不是直接的表述，而是通過比喻或意象來表達，例如〈還〉的結構好像是電影一個個倒敘的鏡頭，由你手上的沙的特寫開始，鏡頭接續到大海，然後再接續到大海的生物。這些手法不是純粹的文字玩意，而是引領我們思考現代生活的種種問題：我們的社會是否走得太快？

我們是否已經嚴重破壞了生態環境？我們是否需要讓一些東西回到它們原來的面貌？

　　讀完《肥是一個減不掉的詞》後，我一個人走在城市的路上想到，或許，香港真的需要減肥了。

刊於《語文同樂‧生活文學》2015 年 6 月 12 日

森是一個數不完的木　／　賴恩慈

走進老人家的忘與記

夢蘿的社會關懷

　　我十分喜歡愛麗絲・夢蘿 (Alice Munro) 的小說，抒情的語調，富意象的敘事，小說的人物遠離典型的面貌，但總不會與現實生活脫節，不離地氣。她的文字讓讀者慢慢讀細細想，思考生活被忽略的東西，在急速的生活中，重新感受思想是可以如此的纖細、敏感。夢蘿在 1970 年代已經受到評論家的注意，2013 年摘下諾貝爾獎，以短篇小說聞名。無論在題材上或風格上，她的作品不是「搶眼的」那種，不賣弄花巧的文字藏着自信，等待有心人把書頁翻開，與遠方的作者溝通。

　　夢蘿喜歡寫女性，她筆下的女子默默與生活作戰。〈湖景〉(In sight of the lake) 是一篇收於小說集《親愛的人生》(*Dear Life*, 2012) 中的精彩短篇。故事講述一位老人家平凡的一天，她的記憶力開始倒退，行動不方便，她的一天是如何渡過的？近日香港有一些以關懷弱勢社會為題材的電影（其實五、六十年代有不少），這是好的事情，但如何關懷？是否把人物異於一般人的、最失控的狀況拍下來就可以呢？我們或要小心，這些戲劇性的場面，很容易變成另一種的「奇觀」，有時候反過來傷害了我們希望關心的人物，把他們變成了「他者」，讓「一般人」站在隔岸觀火的位置上表示同情，但其實沒有真的明白他們的內心世界。電影和小說要考慮的東西不一樣，但〈湖景〉的嘗試或可以給電影朋友一點啟發吧。

　　小說是這樣開始的：「一個女人去找她的醫生重開處方箋，但醫生不在；女醫生那天休假。事實上是這個女人弄錯了日期，把星期一和星期二搞混了。」（王寶翔譯）小說的開端沒有說明人物的背

景，我們只知道一位名叫南西的老人家要到某小鎮看醫生，她記錯了時間，所以要重新安排，小說由一件日常生活的瑣事開始，但已經很自然的引入了小說的主題 —— 忘／記。

我們一直跟隨南西去找醫生，我們走進她的生活，與她一起在海曼這個小鎮迷路。小說有不少伏線，帶出加拿大老人家孤獨的生活，例如她到了海曼的入口，看到路牌寫著：「人口一五五三人」，當年輕人搬到大城市工作，老人家留下來生活，然後讀者會想像數字會一個個的減少，這些細節都是非常感人的，但不煽情的。

南西在海曼始終找不到那位醫生，但她遇到一個打理花草的男人，他一個人在工作，沉靜的，他與南西似乎頗談得來。他們的對話佔了小說很大的篇幅，讓讀者感到南西對他也產生好感，但他們的關係沒有明確的交代。

我們繼續跟隨南西的步伐，她最後走進了湖景安養之家，裡面地方很大、很優雅，但一個人也沒有。她猜想工人都下班了，天色逐漸變黑，她感到有點害怕，然後作者寫道：「她張嘴想大叫，卻叫不出聲。她開始全身顫抖……」小說緩慢的語調開始有點變化，然後這樣作結：

旁邊有個女人，名叫珊蒂，寫在她戴的領針上。反正南西也認識她。

「我們該拿妳怎麼辦才好？」珊蒂說。「我們只是想幫妳換上睡衣，妳卻像隻害怕被做成晚餐的雞那樣亂跑。」

「妳一定是作夢了，」她又說。「妳這次夢見什麼？」

「沒什麼，」南西說。「我夢見以前我丈夫還活著的時候，那時候我也還在開車。」

「妳開的是好車嗎？」

「是富豪。」

「看吧？妳的腦筋靈光得很。」（王寶翔譯）

　　到了最後，我們知道南西其實沒有到過海曼，整個旅程是一段
回憶，她夢見過世的丈夫，記掛著他。夢蘿這種寫法不是為了營造
懸念，而是呈現了老人家腦海中的世界，對他們來說，這是過去，
也是現在。小說最後出現的護士，帶讀者和南西一同回到現實世界
裡，但現實來得更殘酷。這篇小說讓讀者與南西一起經歷忘與記，
我們不光是站在局外人的位置來同情她。關心社會議題的作品，可
以有不同的表現方法，夢蘿的小說是一種可能性。

刊於《語文同樂・生活文學》2017 年 4 月 28 日

等著，等著 ／ 賴恩慈

"We help your early recovery from illness", the advertisement said.

The advertisement ／ 阮智謙

沉冤待雪

李國威的香港式報告文學

　　近年香港有不少關心社會議題的紀錄片或劇情片，編導們努力搜集資料，訪問有關人士，甚至親身經歷生活，然後以敘事的形式呈現出來，虛構的部分或多或少，按著導演的風格發揮。文學當然也不欠這方面的嘗試，這讓我想起一個香港較少人關注的文類，不知能否在此時此刻的香港重新發展起來？以文字富反思性的力量參與社會。我想到的是報告文學。

　　2015 年諾貝爾文學獎得主亞歷塞維奇 (Svetlana Alexievich)，她就是以報告文學揭露了蘇聯的問題，展示事件的真相。相對於內地和台灣，報告文學一直不是香港作家愛寫的文類，但其實內地的環境令不少報告文學疑真疑假。報告文學建基於社會現實，專重現實，作者一般是為了呈現被壓抑的真相而寫作的。然而，報告文學又與報導不盡相同，前者包含了文學性，例如人物心理及文學手法等等。報告文學要比報導更有感染力，比小說創作更有真實感。

　　香港有什麼報告文學呢？李國威這個名字，大家可能忘記了，或者更多是不認識。他是香港作家，1960 年代末開始寫作，與也斯等是好朋友。我自己從未見過他，只從長輩口中聽到他的生活，感情的問題等等。他在不少報紙雜誌寫文章，文字風格深情雋永，尤其擅長寫感情的波瀾。李國威在 1993 年不幸逝世，生前只出版了《只有今生》和《猶在今生》兩本散文集。其後，也斯策劃出版《李國威文集》(1996)，收了他不少其他文類的作品。我看過這本書，好像認識了這個人。書中「人生採訪」那一節包括了數篇報告文學，水準非常高，值得我們重新細讀。

李國威的〈廖秉漢生前死後〉可以說是他最出色的報告文學作品了。廖秉漢在 1978 年畢業於香港中文大學哲學系，為人熱誠，成績優異。他家境非常貧窮，與母親和姊姊相依為命，晚上在崇仁學校的一個房間，把書桌合併成睡床。他畢業後便在油麻地警署任行政官 (EO)，可以想像，這是他美好人生的開始。他在 1978 年 6 月 27 日到工作地方報到，但在 7 月 26 日，早上 7 點 15 分左右，有人發現他陳屍康明大廈對開的馬路，即是他家的對面，警方最後定為是自殺案。

這是一件香港社會的奇案，在何俊仁的《謙卑的奮鬥》一書中也有提及，而當時為死者家人翻案的正是李柱銘大律師。大家絕對有理由相信廖秉漢不是自殺的。李國威的文章分為六節，包括「訪舊居」、「一個人的成長」、「不是自殺」、「身陷險境」、「未盡全力？」及「死因待雪」，好像一齣結構完整的紀錄劇情片。他到過案發現場，訪問過家人和朋友等等。通過家庭、學業、工作和愛情各方面的具體證據，非常細緻地展開了廖秉漢短短的一生。

李國威是作者，也是偵探。他肯定廖秉漢不是自殺的，而是與警隊一些人物有關。在文章中，我們知道廖秉漢畢業後首先投考成立不久的廉政公署，他獲第三次面試，局方準備讓他加入行動組，但廖希望加入的是社區關係組，所以轉投考政府行政官，而最後到了油麻地警署工作。問題就在這裡，當時油麻地警署有不少人懷疑廖秉漢是「廉記」派來的臥底，李國威與當時不少人士堅持他是警察與「廉記」矛盾的犧牲品。

文章以多方面的資料來支持這個看法，作者又融合了不少文學手法。李國威到訪案發現場的一段，我認為是尤其精彩的，繪形繪色。作者想像自己是廖秉漢，在 7 月 26 日的清晨，站在康明大廈 22 樓的高層上，文章這樣寫道：

「右邊是空曠的，風很大，圍牆又矮又薄，上面架著一條銅欄杆。我由欄杆俯身往下望，地面距離我很遠很遠，那高度，使我起了一陣暈眩的感覺，也使我不寒而慄。我不相信一個正常的人能夠站穩在欄杆上，然後縱身下躍。我覺得害怕，彷彿有兩條手臂在我的肩膀上，要把我推下去。」

李國威首先描寫天台的場景，營造出有點懸疑的感覺，然後把自己投入了主角的視角中，從高望下，希望對他的心理有深一層的理解，不是表面的事件報導。李國威的文字是有自己明確的立場的，他相信廖秉漢並不是自殺，而是有人把他推下去的。雖然如此，在這一段中，他還是用上「彷彿」兩個字，引發讀者自我想像。

報告文學不光是一種純粹虛構的文學創作，它好像是在小說與報導之間，而且有直接的社會功用。可靠的報告文學讓我們發掘真相，揭開不公平的現實。在這個充滿問題的香港，大概是時候讓我們重新發展這文類了。通過理解別人的故事，理解自己。

刊於《語文同樂・生活文學》2017 年 5 月 12 日

警界線 ／ 賴恩慈

戲夢如人生

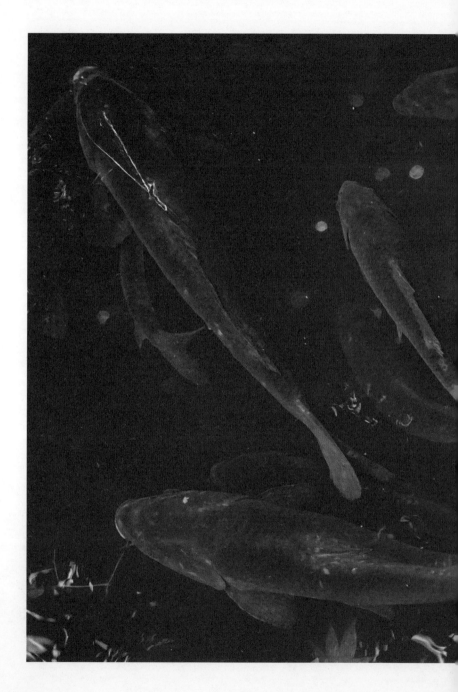

戲夢如人生 ／ 阮智謙

「本土」的重量

　　「本土」成為近年最曖昧的名詞。不少朋友在閒談之間，如果舌尖一觸及「本土」兩個字，身體的毛孔便敏感起來，迫不及待為自己的本土立場加上註腳，說明自己的觀點，以免混淆。近年香港政治環境複雜，「本土」一詞增添了更激進的解讀，文字的意義隨著時代而改變，這是正常的文化演變過程。

　　香港的「本土」從來都是多義的，試想想電影《十年》與彭浩翔導演的電影，同樣都是以「本土」掛帥，但兩者的本土性絕對是面向不同的方位。在這熱烘烘的討論中，我想以自己曾參與的兩齣電影作品為例，加入論壇，目的是把「本土」的解讀帶進時光隧道，引入歷史的層面，增加「本土」的重量。

　　劉以鬯的紀錄片《1918》和也斯的紀錄片《東西》，巧合地與《十年》同時間放映，這是有趣的對讀經驗。如果《十年》是此時此刻對香港「本土」的一種定義，那麼《1918》和《東西》讓我們看到「本土」的歷史——從戰後1950年代到回歸後初期的足跡。三種「本土」有著關連，在亂世的步伐中，這種歷史的理解更為重要。

　　我們一般稱劉以鬯的年代為「南來文化」，不少文人、影人和藝術家在1950年代從中國大陸走難來到香港，逃避共產黨的統治。這批南來文化人初來香港的時候，一般不喜歡這個殖民地城市。如果以劉以鬯作為例子，我們可以看到他是逐步融入香港文化的，尤其是在1970年代的轉變更為清晰。從他的小說《對倒》、《他有一把鋒利的小刀》和《鏡子裡的鏡子》等，我們都可以看到香港是小說的主角之一。劉以鬯那一代的「本土」是帶著內地的回憶，經過

秘魯以本土秘製的「印加可樂」擊退全球銷量冠軍的「可口可樂」

INCA KOLA ／ 賴恩慈

香港的生活而慢慢形成的，有排斥，有融合。

也斯和西西那一代是本土意識的開始，一般被稱為戰後第一代本土文學作家。他們的「本土」有什麼特色？他們在香港接受殖民地教育成長，生活於一個都市化的香港，對這城市有感情。正因為對香港濃厚的情感，他們對香港有批判，有反思，絕不是簡單的「我愛香港」口號式的濫情。他們的創作，既受中國文學的影響，同時受到大量外國文學藝術的啟發，而在糅合的過程中，衍生了香港文化身份的特色。

我記得，有學者前輩曾經對我說過，也斯談香港文化身份本身就是政治。是嗎？我當時沒有好好的回應。現在仔細的想一下，確是每一個年代的藝術家都有他們呈現「政治」的方法，有時是直接的，有時是間接的。《十年》的本土性是衍生於政治動盪的語境中，無論你喜歡不喜歡，同意不同意電影的內容，你必須正視電影所產生的社會文化語境。有別於過去，因為我們正面對不同的時代。

上一代的朋友，可能要接受「本土」的改變，而年輕的朋友，可能要明白「本土」的歷史。真正的討論是建基於知識和感情的，而我還是相信人與人是可以溝通的，如果我們真心的願意……

刊於《語文同樂・生活文學》2016 年 4 月 22 日

2014 年 7 月 2 日早上 8 時
511 人躺在遮打道的視角 ／ 阮智謙

九月二十八日‧晴

　　我們記不起過去每一天的陰晴冷暖，但我們一定忘不了 2014 年 9 月 28 日的晴朗藍天。

　　應亮導演的短片《九月二十八日‧晴》在香港藝術發展局主辦的「文學串流」活動放映，那一天我負責映後談，與導演和小說家陳慧對話，電影的男主角張同祖先生也到場分享經驗，場面熱鬧。

　　有關雨傘運動的電影，這齣短片是很特別的，值得細細的欣賞。故事是設於 9 月 28 日當天的下午，但電影沒有直接呈現金鐘混亂的場面，或者典型的金銅旺的佔領影像。全片以一個支持學生的女子陶玉然回家探望獨居父親的片段出發，帶出關心社會與關心家庭之間的關係。

　　張同祖飾演退休教師，太太五年前過世，四個子女相繼搬離家庭，只有小女兒每星期還回來看他，但總是趕著離開。在二十六分鐘的電影中，就只有兩個演員，是一齣關於父與女，上一代和下一代的故事。這兩代故事的原型是來自陳慧的兩篇小說〈第十六分鐘〉和〈味道之金寶菜湯〉。〈第十六分鐘〉講述長大了的女兒，忘不掉母親過去對她的冷淡，任職校長的母親把所有時間和關注，投放在學生身上，而忽視了自己的子女。〈金寶菜湯〉是女兒通過食物，憶起母親的過去；以金寶菜湯為題，充滿香港式風情。

　　《九月二十八日‧晴》把陳慧小說的情節融入電影的故事中，小說是比較強調過去的，電影則傾向以現在為重心，尤其是加入了 928 的背景。陶玉然關心社會，認同學生的立場，皮包裡盡是「佔中三寶」（雨傘、口罩、眼罩），表達了她剛從金鐘回來。她關心街頭

同行 ／ 賴恩慈

的學生，她又能否同樣關心家裡孤獨的父親？另一方面，退休的父親一直視教學為使命，全心全意照顧學生，卻忘記了自己子女的需要。電影以 928 那一天發生的事情，讓兩方面反思自己的不足。

跟很多雨傘運動的影像不同，《九月二十八日・晴》沒有戲劇性的場面，整部電影都是充滿香港舊區生活的節奏，緩慢的，光影也特別和暖。家，在《九月二十八日・晴》中仍然是一個溫暖的地方，如果大家願意的話，上一代和下一代的矛盾是可以融解的。相反，陳慧小說的世界是充滿懷疑的，在〈第十六分鐘〉中，女兒和母親終於有機會坐下來談十五分鐘，但當兩人開始有點溝通的時候，在第十六分鐘的一刻，女兒回過頭去，發現母親已經睡著了。

《九月二十八日・晴》給我們反思的，並不是刹那激情的張揚，而是帶領我們走進更複雜的個人與社會的思考。

刊於《語文同樂・生活文學》2016 年 6 月 3 日

生活是在混亂中尋找秩序

如果大家看過電影《哈利波特》，一定不會對阿倫力文這個名字感到陌生，他在電影飾演性格複雜的老師 Severus Snape，演技出色。但阿倫力文不光是性格演員，他還是導演。最近看了一部沒有太多人談論的英國電影，雖然電影確實還有很多可以進步的地方，但我感到編導很努力想講一些東西，而我認為這是很有啟發性的。

電影《凡爾賽宮的小風波》（*A Little Chaos*）是講述十七世紀一位平民女性莎賓妮夫人（琦溫絲莉飾演）為法國凡爾賽宮設計和興建花園，這是一項不簡單的任務，尤其在當時的社會，女性的才華不被重視。主理這個園林計劃的是一個有經驗、有地位的御用男設計師安德里（馬提亞斯桑納斯飾演），他長年為皇宮設計庭院，內心感到缺乏創新的動力，但他又不完全勇於採納他認識以外的新設計。電影開始有一場戲是很有意思的，莎賓妮夫人獲得面試的機會，她戰戰兢兢的走到安德里的辦公室，在門口看到幾株排列整齊的花卉，她好像看到一些問題，然後她靜靜的把對稱的的花卉移動了一下，打破了工整的設計。她這個行為，給站在樓上的安德里看到了。自此，莎賓妮夫人為皇宮引入秩序以外的小混亂。

《凡爾賽宮的小風波》是關於秩序與混亂的，表面上皇宮的一草一木都整整齊齊的安放著，但當莎賓妮夫人走進了皇室的世界後，她看到的盡是混亂的情景，不光是上流社會的人際關係異常混亂，就算是皇帝路易十四本人（阿倫力文飾演），也是在不同的面具下生活，不是純粹的。然而，電影沒有美化民間生活，如果皇宮是外面整齊，內裡混亂的話，那民間的裡裡外外都是混亂的。電影開始的

時候，我們看到莎賓妮夫人家中的花園，花草在雜亂中生長，簡直是皇宮的相反，但生命力旺盛。電影到了最後，我們知道莎賓妮夫人積壓多年內心的創傷，一直是她揮之不去的陰影。你大概可以說皇宮的生活是虛偽的，用整齊的外表掩蓋內裡的混亂，但這兩種模式都是混亂的不同表現形式而已。

從戲院走出來，我想到香港，我們現在的社會無論是管治層面還是民間層面都是在大混亂狀態，我們現在是反過來需要尋找秩序的時刻，但是真正讓人信服的秩序大概不是由上而下的，應該是一種能夠包容各種混亂，而又在混亂中不斷修正的秩序。

刊於《語文同樂 · 生活文學》2015 年 5 月 29 日

印度孟買
生活是在混亂中尋找秩序 ／ 賴恩慈

福爾摩斯的理性與感性

無論你是否電影迷或小說迷，你總會在成長的路途上看過、聽過福爾摩斯的故事。他會穿著格子花紋大衣，戴上帽子，拿著煙斗，神情嚴肅地向你講解案件的奇妙之處。儘管面對複雜的奇案，福爾摩斯都能夠以他的邏輯思考一一解決。然而，新近的福爾摩斯電影大大改變了我們對這位英雄的看法。

當你從戲院走出來的時候，你會問「我真的看了福爾摩斯電影嗎？」。英美合作電影《福爾摩斯的最後奇案》(*Mr. Holmes*, 2015) 並沒有我們預期的福爾摩斯的英俊外型，換來是一個開始有認知障礙症的老人家。電影中大偵探的記憶開始出現問題，但他總會依稀想到一宗案件，一件讓他猜不透的事情。

在福爾摩斯斷斷續續的回憶中，我們知道他曾經認識一個家庭，女的因不能成功生孩子而感到非常內疚；又因為丈夫完全不理解她，更讓她感到人生沒有意義。她好像迷上邪教，丈夫找福爾摩斯偵查案件。電影有一場戲是福爾摩斯與太太在公園相遇，理性的偵探把她內心的問題清晰地告訴她，好像一篇邏輯豐富的論文。然而，電影告訴我們邏輯不能完全解決事情。難道那位太太不知道自己的痛苦嗎？她所不知道的是解決問題的方法，缺乏一個真正關心她的人。當時，理性的福爾摩斯不明白。太太與他見面以後便自殺死去了。不幸地，他們的見面好像把她的死亡加速了。

《福爾摩斯的最後奇案》中要處理的案件，是關於理性與感性的問題，而案件的主角就是福爾摩斯本人。他到了年老的歲月，感到人生有一些重要的東西，是不能用理性邏輯來解決的。另一方面，

電影中有一對母子與他同住，照顧著他。女的總是對他不太友善，感到他是不近人情的老人，反而小兒子對這位偵探的故事非常感興趣。電影到了最後那一段是精彩的，小兒子為了探索一個生物上的邏輯問題，慘被黃蜂狂螫而暈倒。福爾摩斯走到外面找到他，然後馬上回到屋子打電話叫救護車，小孩的母親就站在他身旁工作，他竟然沒有告訴她，直至她自己感到有嚴重事情發生了。這是一個怎樣的邏輯？福爾摩斯認為告訴她是沒有實用性的，因為她不是醫生，不能救他。福爾摩斯最後明白到這種純理性不是事情的全部，人情世故是不能缺乏的。

這些理性與感性的問題，電影以故事內容告訴我們之外，電影的敘事形式也是有趣的。《福爾摩斯的最後奇案》是用了意識流的手法拍攝的，攝影機走進年老的偵探的腦海中，看他想到了什麼，忘記了什麼。這種拍攝方法本身是有意挑戰傳統的、富邏輯性的敘事。有些人認為理性邏輯是一種學問，這無疑是對的；但人情世故不光是一種學問，更是我們日積月累，歲月的寶庫。

刊於《語文同樂‧生活文學》2015 年 11 月 13 日

印象的水流 ／ 賴恩慈

還未消失的香港電影

　　香港回歸中國後，不少香港電影人回到內地工作，之前有評論認為香港電影已死，香港導演再不為香港觀眾拍攝電影了。幸好，近年出現了不少有朝氣的本土製作，例如《狂舞派》，這為沉寂的香港電影打下強心針。然而，是否所有回到內地拍攝的電影都只為13億的人口服務？香港人在內地拍攝電影，能否說一個香港故事？

　　曾聽過一位電影行內的朋友說，內地市場喜歡舊上海的故事，而推理是最賣座的類型。最近上映的《消失的兇手》（羅志良導演），不就是符合了以上的條件嗎？無疑，《消失的兇手》是一齣與內地有緊密關係的商業電影，但敏感的香港觀眾，一看便知道這是關於香港當下的故事，不是我特別多疑。

　　電影中的城市名為香城，你可以理解為1930年代摩登的上海，也可以理解為香港吧。《消失的兇手》表面上是關於一宗案件：為什麼陸續有工人在高樓跳下來？他們是自殺？還是另有內情？劉青雲飾演偵探松東路，外型像法國電影的獨行殺手，穿西裝、戴帽子；行為像福爾摩斯，以理性解決事情。劉青雲的表演很出色，嚴肅中帶幽默。

　　誰是兇手？電影到了最後當然把謎底解開，但電影似乎不是全為了解謎而服務。在松東路的推理過程中，電影帶出了香城的故事。我們見到作為資本家的工廠老闆剝削員工，官商勾結。電影以冷峻的攝影鏡頭，拍攝工人在封閉的工廠裡日夜工作的情形，這場景讓我們想到富士康。另外，警察與民眾對峙的一幕，大概不少香港觀眾都會很投入，尤其是當警察開槍射殺民眾，而當中有警察不認同

此行為，然後向群眾伸出同情之手的時候，這場面相信感動了少香港觀眾。

在商業電影的包裝下，《消失的兇手》要探討的問題是：何謂公義？這主題是非常明顯的，而這也是香港前陣子經常討論的課題。由林家棟飾演的大學教授把問題一層層的揭開來。究竟公義是絕對的？還是相對的？不同的人站在不同的位置看事情，是否各人有各人的公義？電影基本上是不能解答這個複雜的問題的，但編導似乎對一些以公義為名，其實是妖言惑眾的言論有所批評。

《消失的兇手》的結尾是火車上一場激烈的槍戰，仿似美國的西部電影類型。電影當然是邪不能勝正，然而，在我們實際的生活上，完美的結局不是必然的，但《消失的兇手》在商業和文化種種的限制下所作的嘗試，讓這不完美的世界增添一點點希望。

刊於《語文同樂‧生活文學》2016 年 1 月 8 日

山河還有故人？

　　一年一度的台灣金馬獎剛公佈得獎名單。在華語電影節中，金馬獎是有公信力的。台灣電影《刺客聶隱娘》大熱勝出；在此以外，其實還有其他得獎電影值得我們注意。大陸導演賈樟柯的《山河故人》同時獲得觀眾投票最佳電影和最佳原著劇本獎，殊不簡單，證明電影一方面吸引大眾，另一方面能夠在專業評審的篩選中脫穎而出，雅俗共賞。賈樟柯善於拍攝紀錄片，與香港攝影師合作多年。一直以來，他的電影都被視為在道德紛亂的當代中國社會中的良心，《山河故人》也不例外，時空亦延伸到未來，預示這一代人的命運。

　　電影的結構工整，分為三節：1999、2014和未來的2025。第一節，在中國山西城市，二十多歲的沈濤同時被兩個男子愛上了，一個是煤礦工人梁子，另一個是煤礦老闆張晉生，當地的暴發戶。沈濤兩個都喜歡，不能作出決定，但最後還是選擇了張晉生。看上去是理所當然的，梁子憤然離去。第二節，沈濤和張晉生已經離婚了，梁子因長期在煤礦工作，得了癌症，闊別多年的沈濤借錢給他醫治。另一方面，張晉生在上海跟另外一個女人結婚，他們和沈濤的兒子Dollar正準備移民澳洲。第三節，Dollar長大了，與父親不和。Dollar後戀上比他年紀大的、從香港來的中文老師Mia。

　　表面上，《山河故人》是一個關於愛情、友情和親情的故事。女主角選擇了有錢的張晉生，但最後還是孤獨的過著晚年。孤獨是電影的主題，尤其是到了第三節，所有的人物都是在孤獨的狀態下生活。什麼讓他們走進這個困境？表面上是婚姻的選擇，事實上是人與社會的關係。那時候開採煤礦本身是很危險的工作，而且不一

定是合法的。《山河故人》有很多爆炸的場面，在大遠景鏡頭下，讓觀眾看到人對大自然的破壞，也可以是比喻當代中國社會在快速前進下對人性的破壞。

《山河故人》與香港有種種的關連。第一個時段是 1999 年，當時香港已經回歸，電影中提到澳門也快回歸了。沈濤很喜歡葉倩文的歌曲「珍重」，雖然她不懂粵語，但歌曲最後成為她懷念過去的旋律，更連起了她和兒子的關係。第二個時段是 2014 年，這是主角開始面對危機與變化的年份，不知道是否我想多了，那一年不就是雨傘運動嗎？不就是眾多問題撲面而來的年份嗎？

《山河故人》最後一節是內地移民和香港移民在澳洲同是天涯淪落人，Dollar 和 Mia 希望買機票回「家」（大陸和香港），但最後還是沒有買下來，好像過去是回不了，根是尋不回來的。電影彷彿告訴我們，我們還是要面對當下。《山河故人》是一齣有層次的好電影，帶我們反思當代中國社會的問題，值得細看。

刊於《語文同樂‧生活文學》2015 年 12 月 4 日

危城自危

　　我們都說香港電影正處於危機當中，在中港合拍片的經濟和政治考慮下，香港電影工作者不能說出自己的故事，講出自己的觀點。然而，世事總有例外，總有富創意的人挑戰苦悶的困局，陳木勝導演的《危城》是一個好例子。

　　毫無疑問，《危城》是商業電影，有中港台明星，有武打場面，有引人入勝的情節。在香港電影的歷史中，這些元素比比皆是，但能夠在古裝武俠類型片中帶出時代意義的，算是非常特別了。

　　《危城》是關於普城的故事，一個虛構的地方。一天，古天樂飾演的高官兒子闖進普城，橫行霸道，目的是想玩弄普城的百姓，滿足一己的權力慾。他在城中無理殺人，引起公憤。劉青雲飾演的地保，有責任保護普城市民的安危。他武功高強，很快便把古天樂擒住了，按普城的法律，準備處決。這是整齣電影最有趣之處，一改武俠片的傳統，敵人很快便落網了，但是問題才剛剛開始。問題在哪裡呢？

　　問題在於老百姓身上。廖啟智飾演與劉青雲出生入死的朋友，中途竟然懇求劉青雲放人，因為他害怕得罪了古天樂的父親，而令全城的人命危在旦夕，他的說法不是沒有道理的。電影提出了一個很重要的問題：如果追求公義是需要無辜的百姓付出代價，我們還有必要繼續追求嗎？電影向觀眾提出這個難題。

　　劉青雲是電影的靈魂人物，他堅定的立場明顯是導演所認同的角度，但電影再借另一個角色把觀念複雜化。《危城》另一個主角是彭于晏，他飾演不拘一格的大俠。他因為過往的歷史，不希望走

Exit ／ 賴恩慈

進建制，自己孤身闖蕩江湖。他留意到劉青雲的言行，明白到公義不是說出來的，而是做出來的，他最後承擔起救人的責任。在三個主角中，他是唯一有所改變的角色，而最能令觀眾投入其中。

如果我們喜歡電影中的劉青雲和彭于晏，而痛恨古天樂，那麼，電影中的普城群眾是我們既同情又不能完全認同的角色。普城的群眾不是武功高強的英雄大俠，他們一生只是為了自己小小的家庭，保護自己微薄的財產，他們有責任為大理想而犧牲嗎？這不是英雄豪傑的任務嗎？《危城》同情老百姓的命運，但電影最後告訴我們，個人是逃不掉大時勢的厄運。

如果追求公義是需要犧牲的，我們還有必要繼續追求嗎？看完《危城》後，這個答案不言而喻了。

刊於《語文同樂・生活文學》2016 年 9 月 23 日

遊行路線上，櫥窗裡展示著的都是非賣品
櫥窗裡的非賣品 ／ 阮智謙

亂世愛情的濃與淡

　　香港人過著營營役役的生活，每天規律的節奏，有時讓我們感到厭煩。在繁忙的鬧市中，與所有疲倦的心靈一起等候巴士回家，會否有一刻想像自己有不同的人生？好像荷里活電影的主角，遇上一段轟轟烈烈的愛情？然後走上不一樣的路？

　　有這樣的想像，其實不是壞的事情，至少可以點綴俗世的生活，讓等候巴士的時間過得快樂一點，然後帶著微笑回家。我自己很少有這樣的幻想，因為歐洲電影告訴我，愛情不是童話般的。就算一些主流的荷里活電影，浪漫的濃度可能會多一點點，但愛情到了最後還是鏡花水月。

　　我在剛過去的香港國際電影節，重溫了大衛・連的《齊瓦哥醫生》(*Doctor Zhivago*, 1965)。電影是改編自蘇聯作家帕斯捷爾納克 (Boris Pasternak, 1890-1960) 的同名小說。小說本身對共產政權有批判，所以當帕斯捷爾納克在 1958 年獲諾貝爾文學獎時，蘇聯政府是非常不滿的。這齣經典電影，在敘事上，真的有舊電影的氣勢，現在已經失傳了。看罷電影後，內心一直在想，這些亂世愛情其實沒有想像中的那麼浪漫與濃烈，反而男女主角必須面對大時代的顛沛流離，而愛情變得不是最重要的了。如果我們是抱著看偉大愛情的心態入場，《齊瓦哥醫生》會令我們失望。

　　電影的主角齊瓦哥是醫生，也是詩人，這兩個身份讓他一生帶著矛盾，一方面他有拯救民眾的偉大理想，但詩人的身份讓他渴望回到個人的、隱藏的內心世界。在太平盛世，這兩個身份可以是沒有矛盾的，但在 1910 年代俄國社會革命的語境中，社會責任與個人

抒情就有矛盾了。

齊瓦哥的兩段愛情，很大程度上是這個矛盾的延伸。他的太太東妮婭 (Tonya) 是令人敬佩的上流社會女性，與齊瓦哥是門當戶對；他的情人拉拉 (Lara) 是人生經驗豐富、敢愛敢恨的女性。拉拉是齊瓦哥的繆思，是他靈感的泉源。他們處於不同的社會階層，有著不同的人生路向，但在大時代中偶遇了。

電影的焦點當然是在齊瓦哥與拉拉兩人的愛情，但回想起來，他們二人在電影中相處的片段其實不多，反而他們重逢與分離的場面倒是非常深刻的，但兩者都是以含蓄、低調的拍攝手法處理。在混亂的局勢中，他們兩人雖然相愛，但各自流放到不同的地方。海角天邊，一天，他們竟然在一個小市鎮的小圖書館中再度重逢。那個下午，溫暖的陽光微弱的映照在拉拉的臉上，她那雙會說話的眼睛，清楚地看到齊瓦哥的身影走入圖書館，她馬上低下頭，內心充滿著矛盾，再抬起頭的時候，才可以面對在寧靜中震撼的事實。經過這次重逢，他們的愛情才正式發展。

他們的分離場面也沒有太多戲劇效果。他們躲在一間破落的大屋，短暫離開繁囂俗世，而齊瓦哥就在這時候創作了「拉拉詩篇」，之後成為他的名作。當他們不幸被別人發現的時候，為了顧全大局，便各自離開，而這就是他們人生中最後的一次見面與擁抱。觀眾大概預示不到生離死別就在這淡淡的瞬間，但事實上，人生就是如此。

舊電影，有舊的情懷，在現時喧囂的社會中，這是珍貴的空間。記起電影《一代宗師》的名句，世間所有的相遇，都是久別的重逢，齊瓦哥與拉拉或會穿越不同的時空，以不同的形態，再一次在溫暖的陽光下相逢。我對愛情的想像大概只能到此。

刊於《語文同樂 · 生活文學》2017 年 1 月 20 日

朱麗葉故居「愛的聖地」外牆黏滿了來自各國朝拜情侶吐出來的香口膠

現世愛情香口膠 ／ 賴恩慈

大時代・小東西

澳門故事這樣說

　　故事從 1968 年開始說起。那年中國正發生文化大革命，婷婷，我們劇場的女主角，她還未相遇的父母分別從大陸逃到澳門，跟很多平民百姓一樣，為了更安定的生活，更自然的呼吸。他們在這片由葡萄牙管治的小城市落地生根，生下了三個孩子，刻苦經營製衣業，在痛苦中有快樂的時光。轉眼數十載，春風秋雨，孩子長大了，成為土生土長的澳門人，經歷了回歸中國的歷史時刻。婷婷，他們的三女兒，這一個晚上，站在漆黑的小劇場中，為香港觀眾訴說她家庭的故事，也是澳門的故事。

　　表演完以後，在微雨中的大角咀街頭，我記起也斯常說道香港故事很難講，但澳門又何嘗不是呢？在後殖民時期，兩座城市如何在政治與社會的困境中說出自己的故事？澳門在無數虛偽堂皇的新建築背後，其實有很多獨特的故事，隱藏在不起眼的角落中，有待我們發掘。澳門人林婷婷和趙七兩人合組的「滾動傀儡另類劇場」，應邀來香港演出 *Made in Macau 2.0* 一劇。在香港另類的小劇場空間中，呈現了主流以外的澳門印象。

　　這是一個關於婷婷個人的家族故事，有其獨特的一面，但同時又與無數生命連結起來。婷婷扮演她母親在製衣廠工作的那一場，讓我想到當年很多基層的香港女性，她們在六、七十年代製衣業盛行時，辛勤工作，然後賺到一點錢，希望安享晚年。婷婷媽媽那種入世、熱情，勤奮，甚至八卦的性格，是當時不少婦女的寫照。從個人的故事中，讓我們看到時代的面貌。

　　Made in Macau 一劇有意識地運用了很多小東西講故事，我記得

118　　亂世破讀

獨腳戲《女兒紅》
我的故事怎樣說 ／ 賴恩慈

有小結他、紙船、小木偶、畫紙、memo 紙、筷子等等。這些小東西是道具，帶出婷婷父母不同時段的生活，但小東西也可以理解為劇場的主角，有自己的生命。在大時代的巨輪下，「小」東西可以作為抗衡主流「大」論述的一種方法，表達個人感情的轉變，或者對事情有不一樣的看法。在官方的歷史中，這些瑣碎的小東西都會被棄於門外，但它是日常生活不可或缺的重要部分。

然而，在戲劇藝術的層面上，以「小」來引發更大的想像，其實並不容易。在眾多小東西中，木偶是婷婷和阿七的招牌手藝了。他們跑到布拉格學習木偶兩年，表演後他們對我說，在布拉格學到的不光是技術，更多是思考藝術的方法。他們控制著小巧的歐洲木偶，千絲萬縷，稍一不慎，你會反過來給它控制著、糾纏著。木偶的生命始於人的控制，但它能表達的豐富情感，又遠遠多於控制者拉扯的動作，這種微妙的控制與被控制的關係，可以讓我們聯想到很多人世間的問題，是相當富感染力和想像力的藝術。

看完表演後，我很想告訴婷婷，她有一個很幸福的家庭，有一個很愛護她的母親，我完全可以在她的表演中感受到這份愛。那一場她憶起家門前的河水，憶起母親在下雨天和她一起摺紙船的歲月，一隻隻紙船隨著水流飄到不知何處去，有些大概會在中途翻沉了，但不用怕，母親總會在家，等著她的女兒。許多年以後，我們或會記不回經歷過種種激情澎湃的場面，但藏在心裡的小東西的笑與淚，將會溫柔地擁抱著我們每一天。

刊於《語文同樂·生活文學》2017 年 2 月 17 日

我參與劉以鬯紀錄片拍攝的感受

2009 年劉以鬯紀錄片正式「開工」，我參與文學顧問、監製和非常早期的攝影工作。老實說，開始的時候，沒有足夠的拍攝資金，我只是胸懷一股熱誠，完全沒有過多的考慮，只希望為九十多歲高齡的劉以鬯先生做一點事情。其後，我是一步步進入紀錄片製作的複雜世界，戲裡戲外。現在回看，這是一次很難忘的旅程，想不到自己竟可以捱過去，而電影快要正式放映了。我寫下的拍攝的感受，可能你會覺得與電影及文學無關，確是這樣，但這些沒有直接關係的感覺，可能對我來說更重要。下面，與大家分享一下。

劉以鬯紀錄片《1918》是滲入劇情的紀錄片。2010 年的暑假，我們差不多每天都登上大帽山（我這一生上大帽山的配額可能已經用盡），拍攝《他有一把鋒利的小刀》片段。這是劉先生的長篇小說，寫於 1970 年代，關於一個香港年輕人受到物質的誘惑，為了購買新款皮鞋，跑到偏僻的山上打劫一對男女，在不清不楚的情況下竟殺了人。片段表達了劉以鬯在《酒徒》後心理寫作的特色，同時呈現了他對七十年代初香港社會的回應。這篇小說寫年輕人的心理，當時劉先生從星馬回到香港已經超過十年了，對香港的認識加深了，小說寫的是一個徹徹底底的香港少年。小說並不是站在道德的高位，教訓年輕人和批判物質化的香港；劉先生反以冷靜的角度，一步步帶領讀者走入男主角的世界，讓讀者自己感受問題的所在，而問題並不光是在年輕人身上。

在我熟悉的文學分析範疇上，我大概可以這樣客觀地說出自己的見解；然而，在實際的拍攝上，一切變得複雜起來了，絕對不是

紙上談兵，要按實際的條件作出調整，但大前提是希望盡量保留原著的精神。這次的拍攝經驗，讓我以實踐的方法明白到文學與電影兩個媒體的的分別。我自己研究文學與電影多年，這次拍攝豐富了我不少紙上的知識。然而，就算解決了資源的問題，我想拍攝還有一項難關，對於我是很大的挑戰。

記起拍攝的那個夏天是非常炎熱的，早上大概十時左右，我們一行五、六人相約在大帽山小食亭附近的樹影下集合，但人一齊集後，樹影便決絕地遠離我們了。在下午暴烈的陽光下拍攝是非常難受的，手上還有那寶貴的、沉重的攝影機，身上每一寸肌膚和毛孔都不斷地流著汗水，這絕對是適合暈倒在地上的狀態。然而，在這樣的狀態下，我需要耐心地與導演和其他工作人員討論和合作，繼續拍攝下去，這是一種對體能的考驗，更需要的是一種堅持的態度。

有時，我們會離開滾燙的太陽，走到較陰涼的小樹林。在直接的感受上，確實是舒服一點，但不久你會發覺，頭上湧現了一群群不知名的飛蟲，眼睛旁多了一隻大大的蜘蛛，牠不知以什麼輕功停留在那高度上。無論如何，我還是需要拍攝下去，全身的蚊印可以證明。那個暑假，我就是這樣渡過了。每天回到家，我都是非常疲憊的，第二天又再開始。

劉先生經常說自己在大學時期能文能武，喜歡寫小說，又喜歡打籃球，以前不知道這話的意義，現在明白一點點了。香港人常常覺得「文人多病」；在舊香港粵語電影中，文人會因為捱不過窮困的生活而「嘔血」。拍攝紀錄片以後，對體能的要求，讓我開始反思讀書人的問題。這些反思，尤其到了 2014 年，香港情況轉差，我感受到體能與知識是同樣重要的，要堅持下去，缺一不可。劉先生在五六十年代，經歷了走難，在逆境中對生命和文學的堅持，不光需要知識和遠見，還需有捱下去的體格，否則理念都不能實踐。劉

先生現在近一百歲了，他不吃補品，但堅持每日走一段路，劉太太說這是對他很重要的。

在大帽山的拍攝過程中，大自然的四時變化，不是我們可以控制的。有時自己感到拍攝順利，精神很好，但藍色的天空突然無理地下起雨來，我們以最快的速度，收起散在草地上的所有工具，然後跑到涼亭避雨，沒有古代小說才子佳人的美遇，只有蚊子侵略的場面。這也算了，想到雨後又要重新拍攝，有時會令人失望。拍攝電影要面對很多變化，有些不是個人可以控制的，我只能好好準備自己，等待陽光再度出現的一刻。

我們在山上拍攝了很多菲林，最後在電影出現的只是很少的部分，其餘沒有放映的，都會在我的生活中繼續放映。

刊於《明報月刊》2016 年 3 月號

人生十誡以及我們的行李箱

「從某個角度來看，政治決定我們的角色，准許我們做某些事，或不准我們做某些事。但是政治並不能解決最重要的人性問題。它沒有資格干預或解答任何一項攸關我們最基本的人性或人道問題。其實，無論你住在共產國家或是富裕的資本主義國家裡，一旦碰到像是『生命的意義為何？』『為什麼我們早晨要起床？』這類的問題，政治都不能提供任何答案。」（註）

已故波蘭電影導演奇斯洛夫斯基 (1941-1996)，一生大部分時間都活在共產政權的統治下，在艱苦的條件下創作。他能夠說出以上的話，不是為了逃避社會政治的複雜性，相反地，曾經深入其中的他，明白到無論環境變得如何，我們都不應放棄思考人性的問題，大概這是老百姓抗衡大環境的方法。香港近年的政治紛爭，不公義的社會制度，令人氣憤難平，但生活還是要繼續，但一想到理想與現實距離之遠，僅剩餘的生活意義又變得模糊不清。

在這樣的香港，討論社會政治問題重要，討論人文問題同樣重要，救亡與啟蒙互相補足，而《十誡》對於後者有很大的啟發。這個月在百老匯電影中心放映了奇斯洛夫斯基的經典電視作品《十誡》，全片分十集，長十小時，連續兩日放映。我兩天都坐在同一個電影院的同一個位置，彷彿與身邊陌生的觀眾成為了朋友，畢竟大家都一起渡過了兩個悠長的下午。

1989 年波蘭開始脫離共產政權的統治，而在前一年奇斯洛夫斯基放映了《十誡》，在歷史上，有重要的意義。雖然奇斯洛夫斯基已經離我們而去，但我們總會在人生的某些晚上想到他，想到他電

影中的人物，好像與我們有神秘的關連。活在世上，包圍著我們有很多法規，政治的、宗教的、社會的、性別的，但奇斯洛夫斯基想說的是個人的、曖昧的。《十誡》每一集都有一個具體的處境，人物面對一些具體的問題而不能按照童子軍式的規條解決，在黑與白之間有不同程度的灰色地帶。

在《十誡》中，最著名的是〈情誡〉和〈殺誡〉，兩誡都有電影長版，無論在劇本和影像上都是非常出色的作品。然而，這次整體重看《十誡》，我反而特別留意其他八誡，而當中〈第二誡〉給我的印象尤其深刻。故事開始的時候女主角 Dorata 的丈夫病危，她向性格怪異的主診醫生打探丈夫的病情。她的問題是：她有了孩子，但不是他丈夫的，而這可能是她最後一次懷孕。如果她丈夫能活下去，她便墮胎；相反，她會把孩子生下來。她面對人生重要的抉擇。

我看了一些資料，導演似乎要探索的問題是：一個人能否決定另一個人的生存權利？他在〈第八誡〉的故事中也有回應這個故事。醫生最初說他不肯定丈夫的病情，之後，當他了解 Dorata 的矛盾後，他說她的丈夫死定了，因此我們相信 Dorata 會把孩子生下來。然而，到了最後，丈夫奇蹟地康復。究竟是生性古怪的醫生的惡作劇？還是天意弄人？這種人為與天意之間的微妙關係，是奇斯洛夫斯基電影的重要命題。

〈第二誡〉對我來說有另一方面的啟發。處於人生低潮的 Dorata，她害怕面對複雜的處境，害怕同時面對丈夫和情人。她要求一個十分肯定的答案，然後才作出下一個決定。從另一個角度看，她是非常自私的，只是從個人的利益出發，外表好像合情合理。她其實想逃避問題，但問題已經走進了她的屋內，等待著她。我們總是希望把事情弄得清清楚楚，一二三四，但現實上，人生遇到的事情不一定是順序的，要來的時候，始終要面對。我們還是好好的收

拾自己的行李箱,準備在下一刻前往那個灰色的地帶。

　　我覺得自己很幸運,可以用人生中的十個小時,靜靜的在戲院看完《十誡》,當中對我的啟發,我會安放在我的行李箱最隱秘的暗格,在必要的時候,把它拿出來。

(註)奇士勞斯基著;唐嘉慧譯:《奇士勞斯基論奇士勞斯基》,台北市:遠流出版,1995年,頁208。

刊於《語文同樂·生活文學》2017年5月26日

拖著行李箱的戀人　／　賴恩慈

未劃火柴，可會有光？ ／ 阮智謙

K

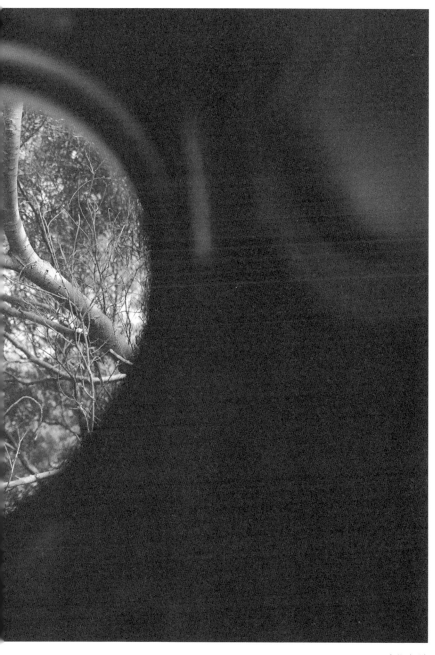

K ／ 阮智謙

卡夫卡的黑色

　　一個從鄉下來的人，走到法的門前，請求進入。站立在門前有一個高大的門警跟他說：「有可能，但現在不行。」鄉下人看到大門是開著的，他彎下身子偷看門內深不可測的環境。門警笑著說：「如果它是那麼吸引你，那就試一試，不需顧我的禁令，往裡走好了。」然而，膽小的鄉下人選擇坐下來，靜靜的在門前等待，希望有一天可以得到批准進入。一年一年的過去了，鄉下人老了，病了，但他依然在門前等待著。當他快要逝世的時候，他以柔弱的聲音問門警，為什麼沒有其他人要求進入法的門呢？門警以雄偉的聲音回答他：「因為這道大門只是為你而開的。我現在就把它關上。」

　　這是猶太籍捷克作家卡夫卡的故事〈在法的門前〉，全篇只有兩頁，但非常有影響力。卡夫卡以德語寫作，他創作了很多寓言式的故事，讓讀者以自身的處境賦予故事意義，激發起想像力。我們可以把〈在法的門前〉視為短篇，它亦是長篇小說《審判》的其中一章。《審判》是文學經典中的經典，曾多次被改編為話劇和電影。

　　我們可以怎樣理解〈在法的門前〉呢？這可以是一次非常有趣和開放的解讀過程。法的門可以代表一些冷酷的制度，由某些人控制，有嚴謹的規矩。鄉下人代表著平民百姓，永遠沒有機會明白當中的遊戲規則。然而，相對於這種社會性的解讀，小說對我最大的啟發是鄉下人那種既可憐但膽小的性格。我在想：其實他在等待什麼呢？他可能自己也不知道。我繼續想：如果他能夠勇敢的走出第一步，闖入法的門，結果會不會是不一樣的呢？其實法的門可以引申至不同的東西，例如是個人的理想，當你願意踏出一步，理想可

能不是想像中那麼遙遠。是什麼東西阻礙鄉下人走進法的門呢？我想不光是門警，而是他自己本身。

　　卡夫卡的世界是黑色的，他的文字呈現了一個壓抑的人與社會的關係。如果你還是不能夠進入卡夫卡的黑色世界中，你可以翻開新出版的書《卡夫卡和他的41幅塗鴉》，當中我們可以看到卡夫卡的素描。卡夫卡喜歡在日記、筆記本和信件上畫畫，是純屬個人的喜好。圖中的人物沒有具體的容貌，空間是不寫實的，跟他的小說一脈相承。卡夫卡的素描呈現了人物的狀態，例如「牢籠中的人」那張，正好能夠表現鄉下人的情況——那種被圍困的感受。圍困著他的牢籠，可以是有形的社會制度，亦可以是無形的個人心理。

寫於 2014 年 9 月 23 日
刊於《語文同樂・生活文學》2014 年 10 月 3 日

一群穿黑罩袍的女人，走到男人的面前，請求⋯⋯
一群穿黑罩袍的女人 ／ 賴恩慈

卡夫卡的黑色 ／ 阮智謙

被家具活埋的男人

　　希臘激進左翼聯盟黨領袖齊普拉斯當選總理後，國際財經界憂心重重。這位年輕的總理會否帶領國家拒還債務？歐元區會否因為希臘經濟問題而解體？事實上，這個文明古國，現在面對的問題不光是欠款的限期，而是必須面對國內嚴峻的社會問題。查看網上的資料，希臘最新的失業率是 25%，青年人失業率更高達 50%。這樣灰暗的社會氣氛，難怪年輕的選民希望政府有新的思維，走出陰霾。

被家具活埋的男人

　　如果你是一個失業很久的希臘年輕人，前路茫茫。某一天，一間跨國公司願意高薪聘請你一年，只要在合約上簽上你的名字，一切生活問題便會解決，薪金足夠讓你買樓結婚。你的工作是什麼？很簡單，公司要借用你的寓所擺放家具，而你仍然可以住在家中。實際上，你什麼也不用做。你會簽嗎？

　　這是希臘長篇小說《錢已匯入你的戶頭》（以下簡稱《錢》）的開首，讀者已經嗅到卡夫卡式的荒誕氣味。作者是 1973 年出生於雅典的迪米崔‧舒塔奇斯（Dimitris Sotakis），他與齊普拉斯是同代人，年齡只相差一歲。舒塔奇斯著有八部小說，不少書評把他與卡夫卡相比。《錢》的原文在 2009 出版，正是 2008 年全球金融風暴後緊接出現的希臘主權債務危機的時候，這部作品以荒誕的情節回應社會問題，奪得雅典文學大獎，被翻譯為不同文字，這是舒塔奇斯第一本中譯小說，剛在 2015 年 1 月新鮮出爐。

這是一本極有潛力普及的嚴肅文學，它的故事引人入勝，結構簡約，節奏快速，但要探討的課題殊不簡單。故事的男主角沒有名字，代表普通的希臘青年。他失業很久，經濟拮据。他生活圈子小，只與女朋友和一個畫家朋友見面。病入膏肓的母親看不起他，認為他一生也不會有出息。這年輕人已經沒有出路，所以他雖然對這份「優差」有懷疑，但他還是簽了。

簽約後，公司果然不斷運送家具來，每次職員送貨完畢，他們總會向主角說：「錢已匯入你的戶頭」，這句話令主角聽了興奮，而他真的發現銀行的錢以急速的步伐增長，他終於可以買自己的房子了。不久，荒誕的事情來了，公司開始不分晝夜運送大型的家具來，層層疊疊的把他全屋的空間填滿，從天花到地板。最恐怖的是，合約規定他不能外出，隨時等候搬運工人的到來。一天一天的過去，他失去了自由，最後更被活埋在自己的家中，腦裡想著未來的新房子。

《錢》的風格確實很卡夫卡，但看真一點它沒有卡夫卡小說那樣的抽象，當中我們看到不少切實的現實生活場景，尤其是主角病危的媽媽獨居在家中，及兩代人不能化解的矛盾，這些部分都是較寫實的。家庭的瓦解是小說的重要主題，男主角最後被家具活埋，非常諷刺，這些家具引領讀者想到歐洲文化的歷史。小說強調那些家具是非常名貴的木造家具，好像是傳統歐洲貴族的家具，搬運工人把這些優雅的大型家具搬進一個頹唐的現代家居，頓時變成了龐然大物，最後更是殺人的兇手了。舊家具雖然美麗，但不一定適合新一代的家居，舒塔奇斯很明顯道出求變的意思。

後卡夫卡時期社會體制的瓦解

卡夫卡的《審判》和《城堡》都是關於跟體制不合的個人，他們不斷在掙扎，渴望理解這個密封的社會體制。無論這個體制是多麼的不合理，在卡夫卡世界裡，社會體制是穩固的。然而，《錢》對社會體制的處理不一樣，讓我們可以看到時代的轉變。

當男主角牢牢的被四方八面的家具圍起來的時候，他什麼都看不見聽不到，完全與世界隔絕，但在一個晚上，他竟然聽到遠處傳來人群的嚎叫，讓他極度不安。前來探訪他的女朋友說，廣場發生暴動了，整個城市陷入混亂狀態，放火、殺人、血流成河。小說發展到後部，諷刺的是，男主角雖然身陷絕境，但相比城市的暴亂，他反處於安靜的狀態中，女朋友也沒有再特別關心他了，他安靜地等待死亡。男主角一心認為只要自己的戶口有錢，生活就會變得無憂。他是代表社會大多數的好人，只看到個人的幸福，小確幸的心態。他無疑賺得很多錢，但他不能預計，就算他有命走出來，他的錢亦會因社會暴動而大大貶值了。

《錢》在最後的部分讓讀者看到不光是家庭在瓦解，就連廣場所代表的社會體制也開始崩潰，這是與卡夫卡小說不同之處。但有趣的是，在家庭與廣場之間，那所跨國公司是屹立不倒的，它的系統一直支配著男主角。它能夠以甜美的夢想引誘每一個小市民，那句「錢已經匯入你的戶頭」是獎賞。男主角循規蹈矩的按照合約的指示完成工作，最後也不能實實在在的拿到獎賞。《錢》的矛頭是指向這個可以看成是代表商業體制的跨國公司，它有一套控制員工的方法，以金錢的利誘，把不合理的世界變成合理。然而，廣場上的暴亂，把這個仿似井然的商業系統反襯得更荒謬，這是小說最重要的批評。

成功的小說讓我們瞭解人物、同情人物，哪怕人物好像《錢》的主角那樣平庸。小說到了最後，男主角以他僅餘的活動空間寫了一篇文章，名為〈彩排〉，他後悔自己簽下合約，他希望所有眼前發生的事情都只是彩排，人生可以重新開始。他終於找到了導演，他向主角說：「沒有人跟你說嗎？表演在最後關頭取消了，沒有了。」雖然男主角不是一個可愛的人兒，但讀者瞭解他、同情他，甚至以恐懼的眼神在他身上看到自己。

　　舒塔奇斯對小人物有同情，對傳統有欣賞的眼光，但希臘走到這個臨界點，小說的態度明顯是希望從新的秩序中尋找將來。從這個作品，我們或可以看到舒塔奇斯這一代希臘人的觀點。

刊於《明報·世紀》2015 年 3 月 17 日

閻連科的灰色中國

第一次見到閻連科是在去年的一個私人晚宴，他給我的印象是直接和真誠，絕對沒有大作家的架子。衣著樸素，就好像在街上遇到的一個平民百姓，走過你的身邊，而你並未察覺到。我想這應是寫作的最佳狀態，以沉靜的角度觀察眾生。

閻連科在 2014 年獲得卡夫卡獎，他是第一位得到這個國際文學獎項的中國作家。卡夫卡的小說描寫社會的荒誕，指出人在扭曲的制度下無理的遭遇，如果我們沿著這線索看，閻連科小說的中國式荒誕，似乎要比卡夫卡還要無理、恐怖。

在 2013 年，閻連科發表了一個短篇小說〈把一條胳膊忘記了〉，現在回想當中的情節還膽戰心驚，駭人的意象還歷歷在目。故事講述一個小孩銀子，他從河南鄉間到北京的建築地盤打工。有一天，大人叫他賣啤酒，當他拿著兩瓶啤酒回來時，地盤的爆炸已經發生，樓房已經倒塌，好像經歷了一場浩劫。銀子回來後，沒有見到太多的傷者，讀者感覺到彷彿有些人希望把事情的真相快速地掩蓋。

然而，銀子在地上看到一件東西，小說這樣寫道：「半隱半露的胳膊還是活的血脈流動的。並攏的手指頭，看見銀子還緩緩用力勾了勾，像胳膊用著最後的氣力，朝銀子微微招了幾下手。」這個非常震撼的意象，既荒誕又現實。銀子看到一條剛剛斷了的胳膊，流著血，手指還能動，好像在大聲呼叫他，但發不出聲音來。銀子看到手指上的金戒指，懷疑這人就是帶他來北京的金棒。故事繼續講述銀子盡力把這斷臂帶回金棒的家鄉，結果千山萬水回到鄉間，家裡的親人只關心死者手上的戒指。

閻連科的小說對中國社會有深刻的批判，他又能以高度的小說藝術技巧把意思表達出來，並不是傳統的寫實風格。〈把一條胳膊忘記了〉寫的是中國建築物倒塌事件，我們在新聞上都聽過，但他以一條沒有身體的胳膊作為小說的主要意象，串連起整個故事，一方面帶出社會的無情、親人的冷酷，同時也能夠帶出銀子的天真和純潔。帶著一條斷臂回鄉，這是何等荒誕的事情？但更荒誕的是，沒有理會失去了臂的人。

　　閻連科在九月底再來香港，我有機會跟他見面，這次他是來接受紅樓夢獎。他以長篇小說《日熄》獲得這個香港的文學獎項。《日熄》以夢遊來比喻當代中國社會的狀況，閻連科再一次示範了如何以荒誕的情節，表達最真實的中國。

　　為何他的小說世界不是黑色而是灰色？我認為他還是對這殘酷的現實抱著希望，至少，銀子沒有失去對人的關心。當然，他在成長的過程中，能否保持這顆美麗的心，這將會是另一個故事了。

刊於《語文同樂・生活文學》2016 年 10 月 7 日

貴州小孩的鞋子 ／ 賴恩慈

閻連科的灰色中國 ／ 阮智謙

如果 K 在香港

　　K 是卡夫卡小說的主角名字，沒有全名，只有簡稱，代表了人類狀況的普遍性，當然也是作者的自我投射。K，一個人，無助地面對種種荒謬的事情，走進無盡頭的窄巷，捲入社會解不開的非人性架構，卡夫卡小說的結局大多是悲觀的，個人不能改變社會這個嚴密的大機器。你有沒有想過，如果 K 的故事發生在香港，這將會是一個怎樣的小說？我很想知道，因為這可能是我們現在每一個人的命運。

　　《K》是陳慧的最新小說，名字簡單而直接。把書拿在手裡，腦海中已經亮起了卡夫卡小說黑暗的線條。故事講述一個名喚 K 的二十多歲香港女子。她十六歲便開始過獨立生活；她來自單親家庭，母親因為工作，沒有特別照顧她。K 在殘酷的現實中，練出一個生存的技能，就是能夠在短時間內討好別人，讓人喜歡她，從而拿到獎學金、職位等等，好讓她能夠繼續活下去。有一天，她看到一個古怪的聘請廣告，對員工沒有任何要求，她要做的，只是在三個月內，住在她自己選擇的房子裡，寸步不能離開。成功的話，她會得到三十萬，還可以續約，繼續賺錢，但如果中途離開，K 反需要交罰款。

　　小說的情節有追看性，但看下去其實是一個相當冰冷的成長故事。在香港地成長，諷刺地，金錢和住屋是重要的元素，K 膽敢接受這份危險的工作，因為這可以讓她在短時間內賺到很多金錢，住進大屋。小說的風格可以分為兩個部分，前部分是寫實的；當 K 住入了大屋後，情節就變得荒誕了。

如果卡夫卡的小說是寫一個正常人活在一個扭曲的世界，那麼，陳慧的《K》是寫一個扭曲的人活在一個扭曲的世界，而後者可能更可怕。為何 K 的成長會是如此？小說在前部分有細緻的敘述，讓人感動之餘，對社會也充滿反省。

K 是一個非常懂事的小孩，但從另一個角度看，她一早便失去了童真，因為童真在香港這樣的社會中，可以是非常昂貴的。例如小說的第四章，寫得很冷靜、很感人。當時只有十歲的 K，看到工作過勞的媽媽在廚房劇烈地嘔吐，她向房東借電話，但房東不願意她報警，她竟然可以在這個緊急的情況仍然能夠保持鎮定，甚至異常有禮貌，再加上一些計謀，把媽媽送到醫院。在醫院，一個社工送了一本日記簿給她，她從此開始寫日記，但只會寫下事情，沒有記下感情。

如果要在這個現實中生存，K 不能讓自己沉溺在痛苦中，那是奢侈的東西。她要埋藏自己的背景，自己的情緒，不讓別人知道，最好自己也忘記。她是如此的理性，如此的冷靜，比任何人都要腳踏實地。陳慧筆下的十歲小孩，讓讀者看到香港殘酷的現實，如何有效地扭曲了兒童的世界。

小說的後半部，K 住進了幾千呎的大屋，面對荒誕的處境。有趣地，這段荒誕的旅程，反過來讓她隔著距離，回看自己的過去。最後，K 當然改變不了社會，她甚至改變不了自己的生活，但至少她可以嘗試改變自己，嘗試面對自己內在的情感，面對自己扭曲的人生。童年不可能再回來了，但一切還可以從新開始。

意大利一位著名的文學理論家曾經寫到，成長是個人進入社會的過程，主人公逐漸明白到生命是充滿矛盾的。在現代社會中，年輕人的成長是學懂如何在矛盾中生活，而不是解決矛盾。我經常會想到這段話，有時同意，有時不同意，有時無奈地同意。然而，我

深信所有的改變都可以從個人開始。

最後值得一提的是，這是一本圖文小說，徐羨曾（ahtsui）的畫作是充滿想像力的，為小說中個人壓抑的世界，帶入一個寬闊的角度。

刊於《語文同樂・生活文學》2016 年 11 月 18 日

何去何從 ／ 賴恩慈

魚的思考

　　卡夫卡《變形記》的男主角，一天醒來，變成一條蟲，家庭與朋友逐步遠離他，最後獨自死在房間。試想想，如果這故事發生在當下，將會是怎樣呢？韓國導演權五光的首部長片《魚男突變》就是回應了這個經典的故事；電影加上喜劇的外衣，刺穿了社會的陰暗面，尤其關心年輕人在荒誕社會下的成長歷程。

　　電影由韓國明星李光洙主演，但他英俊的樣子只曾在一個鏡頭裡出現，因為他就是那魚男，整部電影都穿著特製的戲服，看不到他的樣子。故事講述年輕人朴久為了生計當尖端科研的白老鼠，不幸變成了一條魚，兩條腿仍能走動，但從頭到身體逐漸變成一條魚。他變身之後，成為了全城的焦點，大眾持不同的意見，朋友和家人勢利的面孔也展露出來。電影的主角其實是初出茅廬的實習記者尚元（李天熙飾），從他走進傳媒行業的過程，觀眾看到傳媒和政治的黑暗面。究竟記者能否按事實報導？這是電影的命題。

　　朴久變了魚以後，電影通過不同的角色來表達導演對社會的看法。你可能會認為那個科學家是罪魁禍首，他的原意是希望可以發明一種便宜的食物，來解決窮人的負擔和糧食逐步短缺的問題，他的出發點其實是很純粹的，甚至對人類來說，是非常偉大的。然而，他的發明害了朴久，但一個人的傷害，能夠為整個韓國帶來利益和榮譽，這犧牲值得嗎？當電影引領我們思考這個問題時，資本家出場了，他把科學家研究成功的食物，一轉身變成價錢極高的貨品，變成有錢人延年益壽的良藥。最後，朴久和科學家同是這制度下的受害者。

電影的幾位主角是複雜的，充滿矛盾的，是有血有肉的人物。女主角是第一個出賣朴久的人，為了換取生活費，但她同時對朴久帶著同情。父親對年輕一代充滿誤解，不能明白現今社會的壓力。電影中的維權律師借助朴久的案件，為自己鋪路進入議會，可算是較負面的人物。

魚男是地位最卑微的人，他只想做一個平凡人，他甚至在變魚後都沒有發過脾氣，不敢表達自己的憤怒。電影中不少場面都是他一個「人」靜靜的坐著，我們看不到他真實的表情，但感覺到他的無能為力。其他人都圍繞著他，為他的事情，為著利益大吵大叫。魚男想到自殺，可惜他自殺的方法，只適用於人，不適用於魚。這些場面都讓觀眾很感動。

這樣的故事如何完結？魚男的命運，大概留待大家觀看電影。《魚男突變》可以視為成長故事，三個年輕人如何走進社會。女主角從問題少女成為體制內的一份子，但她並不開心。尚元的結局是最重要的，因為他代表了導演的觀點。他不是名校出身，經常在公司被同事取笑，最後他選擇離開大機構，離開主流傳媒的控制，自己拿著攝影機，拍攝紀錄片，把新聞事實呈現出來。

這是否一個過份理想化的結局？用朴久父親上一代的角度看，這可能是的。這個結局最重要的訊息是，電影不相信體制能夠改善人的生活，只能走到體制外作嘗試。現年僅三十三歲的權五光導演，以《魚男突變》嘗試走雅俗共賞的路線，希望他的電影能夠啟發更多觀眾，把體制內的問題改變過來。

刊於《語文同樂·生活文學》2016 年 5 月 13 日

香港的日常與反常

香港的日常與反常 ／ 阮智謙

朱凱廸的白恤衫

朱凱廸在本屆立法會選舉中，以最高票當選，成為一時佳話。沒有政黨的支持，缺乏資金，朱凱廸的宣傳團隊以腳踏車代替汽車，又以環保的方法縫製宣傳橫額。朱凱廸好像展示了一種新的競選文化，所指向的不光是新的政治立場，更是一些香港人新的生活取向——反思過剩的物質生活。

在宣佈當選的一刻，戴黑框眼鏡的朱凱廸站在台上，穿著一件樸素的短袖白恤衫，袋裡插著一支筆，真情流露。他暗黑的膚色，瘦削的身型，本身就是一個充滿意義的（反）香港文本。這個形象不是打造出來的，而是從生活中衍生出來的。一直以來，以行政和商業主導的香港社會，所謂正式的衣著，男的一般是指西裝，女的是套裝裙，以深沉的顏色為主，用以建立專業的形象，哪怕這些衣服只適合在冷氣開放的辦公室穿著。大學生還未踏進社會，他們在參與學校的大小典禮時，已經開始穿上這些「制服」，訓練自己迎接社會的挑戰，學習在酷熱的太陽下，面不改容。

在這個背景下，朱凱廸白恤衫的意義不言而喻。他那件短袖的、沒有刻意剪裁的白恤衫，絕對不是香港主流社會認可的正式衣著，尤其在政商場合。同樣反叛的長毛和新一代的年輕學運領袖，他們多穿 T 恤牛仔褲，與朱凱廸的形象又不完全一樣。

朱凱廸讓我們想到五十年代的香港電影，文人的形象總是恤衫配西褲，袋裡插著一枝筆，這個形象是有別於當時知識水平較低的藍領階層。《危樓春曉》(1953) 中張瑛飾演的教師就是這個形象（電影雖然是黑白的，但我們總是想像他的恤衫是白色的）。有趣的是，

穿著白恤衫的文人角色，在粵語電影中雖然多是正派人物，但總是描寫為身體羸弱（甚至吐血），敵不過殘酷的現實，是文弱的書生。《危樓春曉》的吳楚帆是另一種角色，他靠勞動工作維生，身體健康，沒有學識，但他為人慷慨、樂於助人。電影的理念「人人為我、我為人人」由他當發言人，而不是有知識的文人。

朱凱廸的白恤衫形象一方面回應文人的形象，一方面又改變了它。如果張瑛的文人形象是代表城市文化的進程，而吳楚帆的形象是更貼近回到鄉村的互助精神，《危樓春曉》明顯對城市有所批評，帶著種種的不信任。五十年代香港電影這種文與武、城與鄉對立的關係，似乎在朱凱廸身上可以結合為一。朱凱廸斯文的白恤衫下是暗黑的膚色，帶出文人也有身體力行的一面，強調與大自然的關係。從天星碼頭到橫洲事件，他更一改文人怕事的形象。有朋友說，他的形象與六七暴動的左派青年相近，他們的外表無疑有相似的地方，但朱凱廸強調理性分析及資料搜集的態度，又與六七時期的熱血氣氛不一樣。

香港經歷了幾十年的都市化，城鄉之間的差別愈走愈遠。朱凱廸以他獨有的黑白顏色告訴我們城鄉共存是可能的，而且是重要的。

刊於《明報・世紀》2016 年 10 月 2 日

屯門小店的精緻人生

　　無論你的年紀多大多少，在悠悠歲月裡，總會有一些小店影響你的成長，改變你對生活的看法。離開了一段時間，你總會掛念著它；重訪後，好像在微風的晚上與舊朋友相聚，感到快樂與充實。如果它不幸消失了，你會開始與失落交上朋友。

　　我們所說的小店文化，一般是指相對於大型的連鎖店，尤其在租金昂貴的香港，小店總會隱藏在不起眼的城市角落，靜悄悄的。小店與連鎖店的分別，不光是在銷售價錢、店舖面積或經營手法等方面上，我認為小店最可貴的地方是可以追求更個人的、更精緻的文化。香港社會很容易把便宜的東西，看成是粗糙的東西，其實不一定是這樣。資源永遠是有限的，但用最昂貴的材料，不一定能煮成最美味的菜餚。一碗麵的湯底，需要的是合適的材料、技巧與耐心。

　　位於屯門置樂花園旁的一條小街，有一間專賣蘭州拉麵的小店。這是一條十分不起眼的街道，近年大陸客愛到屯門市中心購物，幾年間，市中心的商場翻天覆地，變成屯門 IFC；幸好這條小街離市中心有一段距離，保得住寧靜。小店由一對夫婦經營，女的是蘭州人，男的是香港人。丈夫本來對蘭州拉麵不認識，結婚後，決定跟太太到蘭州學藝，然後回到屯門開舖。當時屯門店舖的價錢還算便宜吧，他們一家又住在附近，雖然不是舊時的前舖後居，但意義也差不多了。

　　我跟老闆很談得來，沒有客人時，他會坐在我身旁問我哪齣電影好看？有時我很久沒有去，他又會關心我忙什麼。他們的女兒很

為兩餐 ／ 賴恩慈

有趣,我記得有一次,她走到一位正在吃麵的客人面前說:「你剛才不是來過的嗎?你為什麼這麼快又來?你很餓嗎?」這個客人不知道如何回應,只好繼續吃麵。我自己天生喜歡古怪的人,所以尤其喜歡他們的女兒,現在她應該讀中學了。

小店只有四、五張桌子。到了星期日的中午,很多街坊來吃麵,有時需要站在外面等候位置。老闆的人生時鐘很個人化,他每天堅持自己拉麵,下午休息,隨便做一些自己喜歡的事情;晚上不會開得太晚,收鋪回家與家人一起。他自己有一套生活方式,很有性格。他拉麵條很認真,但不會像北京樓那些師傅那樣富表演性;麵條很新鮮,質感很好。我吃過市中心一些很貴的日本拉麵,我認為不如屯門的蘭州拉麵。

我們都明白精緻的小店能夠生存下去,便宜的租金是很重要的原因,如果他們之前沒有把店舖買下來,這樣的樸素生活也不能維持下去。然而,在租金以外,在這個社會經濟問題以外,個人對精緻的追求還是非常重要的。如果只是以平價促銷一些粗劣的貨品,甚至有害的貨品,因此而謀利,這不應該是小店文化的追求。

就算只是一碗拉麵,我們都可以認真地做得更好、更美味。

刊於《語文同樂‧生活文學》2016 年 12 月 16 日

現實是，在遊客區等待十五分鐘才能捕捉的傳統面貌
理所當然的光景漸被模糊 ／ 阮智謙

四分之三的香港

香港近年對於保育的意識提高了，我們希望一些舊的建築可以保留復修，大自然的環境不會因現代發展而摧毀。一座城市發展到一個成熟的階段，才會產生這樣的意識。

台灣作家劉克襄，以書寫自然生態聞名，他的近作《四分之三的香港》(2014)，讓我們香港人反思自己的生活。在週末的時候，我們總喜歡擠到旺角、銅鑼灣、尖沙咀等繁忙的中心，其實我們沒有注意到在中心以外，香港還有多達 75% 的郊野地，劉克襄提醒我們香港人：你們忽略了四分之三的香港！

劉克襄以純樸的文字介紹香港的郊外，當中我認為古道是最為有趣的。我們現在對旅行的定義很簡單，一般是乘坐飛機到另外一個地方，按照導遊的介紹遊覽和購物，然後回家，旅行就這樣完結了。《四分之三的香港》寫到的地方，是很多典型的旅遊書不會提及的，但這些地方就在我們的身邊，而古道是引領我們深度瞭解香港的途徑。

香港有很多古道，以前的香港人從一個地方到另一個地方，需要經過山地和村莊，他們會走路，會乘船，從而產生了不少路徑，劉克襄認為古道是最富人文意義的，因為這些路是從生活中衍生出來。現在我們重遊古道，不光是尋幽探古，這更讓我們瞭解香港在主流歷史書以外的民間歷史。

大家可能不知道，原來代表香港精神的獅子山，當中竟有六、七條古道。劉克襄在「獅子山上看紅塵」一章中，跟我們分享如何走古道上獅子山。例如獅紅古道是從大圍出發，穿過紅梅谷，當中

經過在 1792 年砌成的石路,真是一條名副其實的古道了。

　　劉克襄對花草很有認識,他在嶺南大學當駐校作家的時候,常向同學介紹校內的各種植物,它們的特性和用處等等。劉克襄喜歡一邊行山,一邊畫下看到的動物和植物,所以我們在書中可以找到很有趣的、童真的圖畫。《四分之三的香港》是一本深度旅遊書,它有具體的路線圖,方便旅遊者參考。它又把路線分級,剛才談到的獅子山古道屬三粒星高難度,有經驗的行山者可以試一試。

　　劉克襄在書中寫到香港「作為一個觀光旅遊之大城,竟如此荒疏地方歷史,頗教人不解。」香港讀者看到台灣作者的這句話應該好好的反省,香港可以是一個怎樣的城市?只是購物和飲食天堂嗎?當然不是,香港的特點是城市與大自然處於非常親密的距離,我們在發展現代社會的同時,不應背棄大自然,不應背棄樹木與山水,城鄉共存。從這個角度看,《四分之三的香港》不光是一本旅遊書,它是有啟發性的文化歷史書籍,讓我們審視現代生活,尋找平衡的發展。

刊於《語文同樂・生活文學》2014 年 12 月 12 日

最燦爛的花 ／ 賴恩慈

歌德式大屋與香港建築保育

不久前動筆寫一篇關於歌德式小說 (Gothic Literature) 與香港電影的論文，很遺憾，至今還未寫完，內心一直記掛著，上個月看了林中偉的新書《建築保育與本土文化》（2015，中華書局），觸發我重新動筆的念頭。

西方文學的歌德式小說類型，有一個重要的特徵：女主角被困在大屋內，大屋埋藏著神秘的過去，纏繞著女主角的生活。她如何能夠走出陰霾？這是小說讓人追看的地方。一般歌德式小說著重情節鋪陳和心理描寫，氣氛鬼魅，歷來擁有大量的讀者，因此不少作品都會改編為電影。看著《建築保育與本土文化》，我想到一個問題：改編歌德式小說最困難的一個地方是什麼呢？尤其是在香港這個高樓大廈林立的城市。沒錯，找不到大屋！

回看過去，香港其實曾拍攝不少歌德式電影，電影中真的看到真實的古堡和大屋，例如 1964 年的《午夜招魂》，當年輕的女主角跟隨新婚的丈夫回到香港，她抬頭望向山上的大屋，內心充滿恐懼，原來自己快要成為這座遺世獨立的大屋的女主人了，耐人尋味的故事便徐徐展開。《建築保育與本土文化》的第 53 頁有一張圖片，下面寫到「位於淺水灣畔的 Eucliffe Castle，是香港罕有的古堡式設計，可惜已被拆卸重建了。」我想如果 Eucliffe Castle 沒有拆卸，可能今天香港電影還會繼續拍攝帶有香港味道的歌德式作品。

林中偉是建築師，畢業於香港大學，曾參與很多建築保育的工作，包括我們熟悉的雷生春、中環街市、虎豹別墅、永利街等項目，這書通過大量的圖片和討論，讓我們理解香港保育的歷史發展、不

旺角豪華戲院 ／ 賴恩慈

同的種類、考慮的元素和面對的問題等，是雅俗共賞的精彩書籍。書中還比較不同地方對保育的看法，點出香港雖然是所謂亞洲現代城市，但保育的實踐不及澳門。

近日有關灣仔同德押的討論，再一次讓我們思考建築保育的問題。一座歷史建築物是否需要拆卸重建？要回答這個問題，需要專家從多方面考慮。林中偉提到私人產業與保育之間的矛盾，同德押便是一個例子。在資本自由的香港社會，政府不能控制私有的財產，業主是有權清拆的。把擁有八十年歷史的舊建築，搖身一變成為高樓大廈，這樣當然更符合經濟考慮。然而，林中偉在書中寫到「市民是否願意為保育付出，歸根究底是一個社會價值觀點問題」，我認為這是非常正確的，對於資本家是尤其重要的，因為他們有能力改變現況，影響大眾的生活。

保育不光是從上而下的，林中偉指出香港人在七、八十年代面對城市的現代化，無論市民或政府都希望破舊立新，保育的意識還未成形。現在我們對一棵老樹、一座舊唐樓都帶著尊敬之心，證明我們的社會改變了，看重歷史了；但這條路，還很遠呢。

刊於《語文同樂・生活文學》2015 年 9 月 25 日

建築物上的曲面，現在只能從浮誇的設計上看到
調皮的大廈 ／ 阮智謙

香港女警與「4 點鐘許 sir」

　　香港警察最近開設了面書網頁，據說是為了與市民有更好的溝通。很明顯，香港警隊在雨傘運動後，希望可以從軟性的方法，重新建立形象；通過電子科技，對年輕人加以影響。這種公關工作，其實警隊一直在做。最近商務印書館出版的新書《香港女警六十年》，作者陳效能和何家騏以探索性別問題為目的，為我們訴說女警的改變，讓我們瞭解紀律部隊中「軟性」的元素。

　　這本書為我們提供了很多重要的資料，讓我們思考女性工作與社會文化的問題。香港是在 1951 年招募第一批女警的，書中也訪問了第一代入職的女警。當時的女警是做什麼的？作者找了很多有趣的歷史資料，例如早年在招聘女警的廣告中會這樣寫的：「看守婦女和未成年人士疑犯，為婦女搜身，不用在街上巡邏」(頁 49)。現在我們看招聘廣告，很少會寫到不需要負責的工作，只會列出一大堆需要負責的任務。從以上的廣告，我們可以見到當時的社會還是傳統的，背後的意思是認為女性是「主內」的，或者只是可以做一些沒有危險的工作。

　　早期女警的工作明顯跟男警不一樣，他們不是同工同酬的，直至到 1974 年為止。書中提到女警的「結婚關限」(marriage bar)，我覺得這代表了早期不少行業女性工作的問題。早期的女警在結婚後必須辭職，她們或可改用短期合約形式工作，這樣她們便會失去退休金。我們現在看到這種不公平的條例，或會覺得不可思議，但兩位作者告訴我們，當時婚後的女警自己也不太想工作，希望回到家庭照顧孩子。公平是建基於社會的價值觀，不同時代有不同的看法，

而這會隨著教育的提升等元素而改變，「結婚關限」終於在 1972 取消。這個政策的改變，至少令女性多了一個選擇。

回到香港警隊的公關技巧，書中提到女警也曾在這方面作了不少貢獻，例如作者指出到 1980 年女督察陳鳳芝獲得「香港小姐」亞軍，一年後她回到警隊工作，她認為獲獎對她的工作有幫助。女性較溫柔的儀態，有助減低警隊硬朗的形象，令市民對警察感覺更親切，這是可以理解的。然而，現在香港警察的面書是以中年男性「4 點鐘許 sir」作為親善大使，這又表示了什麼意思？我想在這大時代中，警隊還是選擇用男性作為代言人。無疑，許 sir 的形象比較像普通市民，但也恰恰是他「軟」的形象外貌，幫助警隊推銷他們「硬」的觀念。

刊於《語文同樂·生活文學》2015 年 10 月 23 日

控訴與關懷

《我，不低頭》

　　在英國住過的朋友，大概都有這樣的體會：在宏偉崇高的教堂、優雅堂皇的大街背後，其實是一幕幕灰暗低調的日常生活，尤其是在倫敦這樣物價昂貴的城市，生活是異常艱難的。以前我在英國讀書，年紀小，不明白，但在去年暑假，我在倫敦兩個月的生活中，看到更多、感受到更多，所以當我看英國導演堅・盧治 (Ken Loach) 的康城得獎電影《我，不低頭》(I, Daniel Blake) 時，尤其感動。走出戲院那一刻，我想到很多在英國擦身而過的朋友：街口咖啡店那個勤奮的外籍女侍應、補衣店不發一言的男子、邱園地鐵站熱心的售票女郎……不知道他們現在的生活如何？你們好嗎？一部成功的社會寫實電影，能夠啟發觀眾對自己的社會處境有所反思，把人與人的關係連起來，而我認為《我，不低頭》做到了。

　　電影的場景和題材其實是非常英國本土的。這是一個關於英國東北部城市紐卡素的故事。紐卡素是傳統的工業城市，住了很多勞動階層，他們以重口音著名，不是我們在 BBC 電台聽到的標準英語。電影的男主角 Daniel，五十九歲，太太過世，自己因為心臟問題而被迫停止工作，他申請政府福利金，經歷了多番折騰，受盡了行政人員和行政程序的虐待，福利金變相殘害市民的身心。《我，不低頭》在英國政界引起很多討論，不同政黨都對電影表達意見，電影發揮了它的社會功能。

　　有趣的是，《我，不低頭》是如此的本土，但我們在香港觀看，或者在其他現代城市觀看，也會感到投入，因為我們的社會都走進了行政管理的深淵，我們都在官僚架構冷漠無情的世界中活著。社

會福利本是幫助市民解決困難的，但電影告訴我們，現代社會的邏輯是：為了證明我們有做事，所以我們要做事，做事情已經不是為了更高的理想了。

這幾年，我經常在想，如何在藝術作品中表達社會立場？一方面，保有藝術創作的含蓄性和多義性，不致流於教條化、簡單化；另一方面，又不會在藝術創意中，模糊了應該支持的立場，《我，不低頭》是一次很好的示範。要表達自己的觀點，編導把最基本的人物和故事都寫好，在綿綿的生活細節中滲透出社會觀點來，而不是硬套。

電影中的兩個主角，性格分明，細節豐富。Daniel 是直接的、正義的舊式人，他沒有太多內心的壓抑和複雜的考慮，他見到不公平的事，便會馬上挺身而出，控訴到底，是一個老老實實的人。我很喜歡電影設定他為木匠，以自己的手藝，做出很多有用的東西。我想到香港很多五、六十年代的手工匠，包括裁縫、錶匠、鞋匠等等，他們都以自己一雙手做出細緻玲瓏的物件。電影中的 Daniel 被電腦時代淘汰了，雖然仍有有心人欣賞他的手藝，但他把全屋的家具賣光，換來的金錢只足夠交電費罷了。

Daniel 在申請福利金的過程中，遇上更可憐的 Katie，我們看到 Daniel 控訴社會體制以外，也看到他關懷身邊需要幫助的人。Katie 是單親母親，有兩個兒女，小兒子好像患了病。相對於 Daniel，她的性格壓抑，盡量把痛苦留給自己。她面對著生存最基本的兩個問題：饑餓和溫暖。從倫敦搬到紐卡素，生活的空間大了，但沒有暖氣的英國，是何等的難捱呢！從她自己不吃飯，把意粉讓給 Daniel，到她在食物銀行饑餓難耐，再到她在便利店高賣，最後走上賣淫之路。電影一直保持著生活的節奏，沒有戲劇性的電影語言，就算 Katie 在食物銀行失控的那一幕，攝影鏡頭關注的是她事後的情緒反應，而

不是以攝影機對準她失控的過程大做文章，這種含蓄的處理更讓我們感受到生活的無力感。

《我，不低頭》沒有快樂的結局，但人物能夠保持著尊嚴活下去，在冷漠的社會中感受到一絲絲溫暖。Katie 在最後一幕中說道他們舉行的是窮人的喪禮，這句話讓我在黑暗中想起一件事情。2013 年 1 月 14 日，我們為也斯辦喪禮的晚上，前來拜祭的人愈來愈多，我們希望能打通旁邊的禮堂，但好像一早已被租用了。突然有人告訴我們，可以打通，因為那個家庭只有能力辦早上的儀式。我一直沒有忘記這事，但沒想到竟然在電影院憶起這家人，他們好像與也斯和我們有說不出的關連，雖然大家從來沒有碰面。你們好嗎？希望我們都能夠有尊嚴地熬下去，在這如此荒誕的社會。

刊於《語文同樂・生活文學》2017 年 3 月 3 日

我，不低頭　／　阮智謙

一個乾淨明亮的地方

再訪七層大廈

　　我又回到這裡。感覺是如此乾淨、明亮，地上沒有難聞的液體，牆角沒有不明的痕跡，我真的回到這裡了嗎？我走上微斜的路徑，兩旁泊了車輛，我從車與車之間走進一道窄巷，不知道面前將會是什麼。然後一個恬靜、安詳的小庭院在我眼前出現，大家都在看書、談天。天氣是這麼的好，一絲冷風也沒有，好像要為這裡營造更寧靜的環境。若隱若現的人影在後山出現，他們的衣服與植物相遇後，發出曖昧的聲音，好像是小女孩在偷笑，為夜遊而興奮。

　　我真的回到這裡了嗎？這裡是香港歷史的重要地標，1953年的石硤尾大火後，港英政府為了安頓無家可歸的災民，建了環境相當簡陋的公共房屋，俗稱「七層大廈」，我們從以往的電視片集和電影還可以看到當時的生活。一個小單位，沒有特別的間隔，一家七八口擠在裡面。廁所和浴室都在走廊的盡頭，而廚房就在屋外。當香港步入21世紀，新型的公共房屋陸續加入服務時，這些七層大廈變成了見證歷史的文物。政府把餘下的大廈活化，我眼前的美荷樓是在1954年建成的，現在變成青年旅舍了。與酒店相比，這裡有一種自由散漫的感覺，我很喜歡。

　　我可以想像在1950-1970年代，住在這裡的基層市民，他們的生活必然是困苦的，但在人情味濃厚的社區，衍生了另一種生活情懷，讓人可以苦中作樂。然而，當七層大廈老化了後，市民搬出舊區，遷移到新式大廈，享受現代的設施時，其實仍然有一群非常弱勢的社群住在這裡，我曾經看到過這些灰暗的生活畫面，讓我不能相信眼前乾淨明亮的美荷樓，就是我記憶中的七層大廈。

一個陽光普照的下午 ／ 賴恩慈

大概在 2004 年，我來到快要拆卸的石硤尾的七層大廈，一位年輕的女社工帶我探訪這裡為數不多的居民，我很感謝她的幫忙。我首先訪問一些新移民婦人，然後是她們的子女。他們都熱切地期待將來的新生活，搬進新的房子，有更好的設施，有更理想的生活，我也為他們高興。社工又告訴我不要走到山邊某些角落，那裡可能會遇到癮君子，我記住她的話。

　　但在完全沒有心理準備下，我走進這間在地面的單位，只有一個房間那麼大的空間，中間擺放著一張碌架床，四周被雜物包圍著，東一包，西一包，整個單位更像一座垃圾山。然後，我看到一位老婆婆睡在床上跟我打招呼，她被雜物重重的圍困著，但她好像沒感到什麼不妥。面容蒼白的她，露出非常親切的笑容，她真的很高興見到我們。她很快就嚷著要我們看後方掛著的一些照片，她說這是她的子女，她說他們對她很好，她說他們常常記掛著她。她是那麼高興地說著，而我一時不懂如何解釋眼前的現實。

　　老婆婆現在不知到哪裡去了，而美荷樓也已經翻新了。海明威的一篇著名短篇小說，名為〈一個乾淨明亮的地方〉，當中寫到老人在城市的生活，好像失去了存在的意義，而正因這樣的失落，他們更希望走進一個乾淨明亮的環境，好讓他們不會墮進濕陰的思想深淵中。這篇只有三頁的小說，用字簡約，但感情豐富，給讀者很多的啟發。

　　那個晚上我在美荷樓，想到海明威，想到在遠方的那位婆婆，她大概也會喜歡這裡 —— 一個乾淨明亮的地方。

刊於《語文同樂‧生活文學》2017 年 3 月 24 日

以規條建構乾淨明亮的地方 I ／ 阮智謙

以規條建構乾淨明亮的地方 II ／ 阮智謙

物質的眼淚

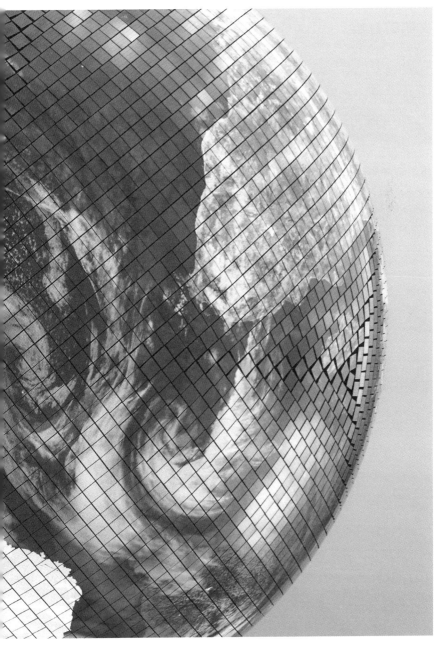

物質的眼淚 ／ 阮智謙

文明與自然

我在日本的環保集訓班

一天晚上，在臉書看到朱凱廸在元朗街頭與街坊分享環保的方法，例如怎樣分類不同的垃圾，怎樣處理剩餘的食物等等，這是有意思的地區工作，但內心有點憤怒，有點難過。香港這個國際大都會，在表面的繁華背後，存在著很多嚴峻的問題，而這些問題的迫切性，不需要放大鏡其實也可以看得清楚。如何處理垃圾，可以說是當今問題之中的大問題了。

以環保的觀念來處理垃圾，十分需要政府和商界主導，但沒有了個人的配合，一切都是徒勞無功。如果只是用懲罰的方法來執行，市民不會真心認識環保的重要性，所以教育是非常重要的，需要一步步把觀念散播到社區。但現在的問題是，政府和商界沒有足夠的支持，我們只能夠靠個人了。我曾經在日本居住過兩年，現在回看這段異地生活，學到最多的不是學科裡的知識，而是切切實實的環保生活，這裡跟大家分享一下，當中不乏有趣的地方。

我的日本朋友圈子是環保分子，他們擅長適當地處理家居垃圾，跟大部分的日本人一樣。日本人會把所有垃圾分類：膠樽、玻璃樽等要清洗乾淨；食物要把水份弄乾等等。我有一次偷懶，沒有按規矩棄置垃圾，結果給管理垃圾房的女士狠狠地教訓了我這個外國人一頓。我發現這位女士很尊重自己的工作，所謂垃圾房，簡直比我現在的辦公室還要整齊，沒有異味，而她甚至在那裡吃午飯。要體會日本文化對極致的追求，走入他們的垃圾房就可以感受得到。

對於我的日本朋友來說，環保是一種理念，一種生活方法。以下是一些我們會做的事情，嘗試列舉一下，從最簡單的開始，一級

級遞進。

1. 雙面影印
2. 減少用膠樽
3. 不用有害清潔劑
4. 循環利用舊衣服
5. 注意食物的產地來源，不浪費食物
6. 減少家居用電量，例如風筒
7. 走樓梯，不乘電梯
8. 乘公車，不開私家車
9. 冬天用局部的暖氣設備，例如暖桌（こたつ）
10. 不吃西藥，用草藥或自然療法
11. 夏天只開風扇，不開冷氣

在日本兩年的學習生活，我看到我的朋友幾乎是「絕對的」能夠實行這些理念，而不是「盡量的」。哪怕是六、七層樓梯，他們都是這樣爬上去，不理會同行的朋友是否跟隨，自己有自己的信念，這讓我非常佩服。久而久之，朋友也受到他們的影響了。對於香港人來說，最困難的大概是不開冷氣這一項了。日本的夏天雖然不長，但非常炎熱。我回到香港以後，不開冷氣是不行的了，內心總感到慚愧。從「絕對」到「盡量」，從日本回到香港，我每天都希望能夠保持在日本學來的好習慣，但在現實的考驗下，在香港的環境下，不一定成功。有時回家時實在太累了，根本沒有走樓梯的能量了。然而，在香港生活最可怕的是，我們根本遺忘了樓梯，乘坐電梯變成了理所當然。

環保不光是自備購物袋，而是一套生活的理念，個人的堅持，

需要好好學習和理解，經過自我消化，配合自己的生活，才能有效地實行。東京大學有幾個露營地，每年夏天，我們都會到這些營地舉行「合宿」（がっしゅく），即是郊外集訓。我參加過兩次，一次在山上，一次在海邊。我們一群文學學生，挑選擇了一兩本書，在野外精讀，每天有幾節研討會，大家自由討論。在此以外，我們一早起床，可能會行山，可能會到沙灘漫步，晚上可能會有電影會（自攜投影機），這些自然與文化共融的生活，是我非常嚮往的，現在變成了我生活的追求。

記得在山上那次合宿，最讓我印象深刻的是在營地吃飯的一幕。在營地中的三餐都是由學生自己烹調的，味道樸素，用料新鮮。我們一群人在吃，看到這些「廚師」在洗碗碟，他們排成一字，一邊洗，一邊大聲唱歌。他們是哪兒的學生？我問。他們是東京大學的運動隊成員，一位老師回答。這個場景讓我想到很多日本電影和電視劇，但從來沒有來得這麼真實。

環保讓我們理解生活的整體，例如我們用什麼材料煮飯，我們如何進食，我們怎樣清洗碗碟，這都是需要通過實踐來學習，而從中我們明白到自己是大自然的一份子，與所有生物共同呼吸；對於保護自然環境，我們有不可推卸的責任。

刊於《語文同樂・生活文學》2016 年 12 月 2 日

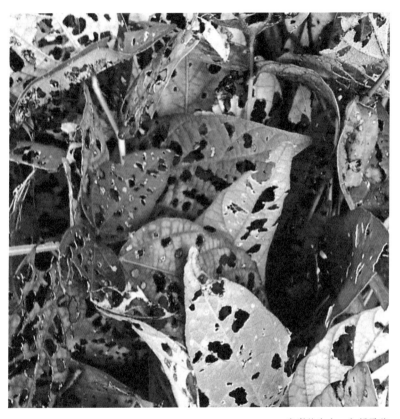

真實的生命 ／ 賴恩慈

芝加哥的物質

　　近年香港的學校很喜歡辦遊學團，有些到內地或東南亞，有些更遠及歐美。如果經濟能力許可，能夠在暑假炎炎的夏日走出香港，近距離接觸外地文化，擴闊視野，確是愉快及有益的事情。然而，坐了十多個小時候的飛機，花了一筆錢，不保證你能夠開闊眼界。旅遊是自學的過程，需要自己不斷的觀察和比較，這樣新鮮的景象才能夠成為我們經驗的一部分。

　　三月份到了芝加哥開會，去美國是長途的旅程，在飛機上呆了十多個小時，看了四齣電影，才到達目的地。離開香港時，溫度與濕度都鄭重提醒了我，夏天已經來臨了，但下機後看到的芝加哥，竟然還是下著雪，手腳頓時變得冰冷。幸好有一天，天氣回暖，在高達十四度的氣溫下，我可以在城市自由活動。

　　這次我來芝加哥有特別的意義，近年寫了一篇文章關於美國著名的作家德萊塞 (Theodore Dreiser, 1871-1945)，他來自鄉下，二十世紀初來到繁榮的芝加哥城市找機會，後來成為出名的作家，他的代表作《嘉麗妹妹》(*Sister Carrie*, 1900) 和《郎心如鐵》(*An American Tragedy*, 1925) 都是關於從鄉下到城市工作的年輕人，他們遇到的種種引誘和經歷的變化，改寫他們的命運。有趣的是，這兩部小說都曾經改編為香港電影，分別是《天長地久》(1955) 和《毒丈夫》(1959)。我第一次來到芝加哥，想看一看這個在德萊塞筆下的古典大都會。

　　芝加哥保留著很多美麗的舊建築，所有導遊書都會提到 1871 年的大火，因為芝加哥風很大，火焰快速影響了很大的範圍。芝加哥

在大火後，有意打造成一座現代的城市，在 20 世紀初是現代城市的代表，怪不得德萊塞會跑到這兒發展。

物質的引誘是德萊塞小說重要的元素，於是我在極度溫暖的十四度天氣下，走到一座非常古雅的建築物，它是 20 世紀初代表著物質世界的高級百貨公司 Marshall Field & Company，現在改名為 Macy's。這真是一間超大型的百貨公司，光是手袋部已經是整整一層崇光的空間。建築設計非常優美，樓底高，站在中間望向各層的物品，完全可以想像 20 世紀初那種繁榮的景象。一個當時從鄉下來的年輕人，一定會被這裡的物質所吸引。然而，一個世紀以後，公司已經易名，這裡再不是最高級的百貨公司，在偌大的空間中，堆滿了很多衣服，以大減價銷售。有些衣服不規矩的掛在衣架上，有些甚至掉在地上，沒有人理會。因為這裡的空間實在是很大，這個眼前的畫面，讓人感到的再不是物質的引誘，而是物質的過剩。我站在這所遊人甚少的百貨公司中間，想到這麼多的衣服無論如何是賣不掉的，我們真的需要這麼多物質嗎？

旅遊是一段自學自省的過程，我還是很喜歡芝加哥，因為我認為一個大城市是可以讓人找到過去與現在的。

刊於《語文同樂‧生活文學》2015 年 5 月 15 日

交換禮物的意義

　　香港人喜歡慶祝聖誕節，七彩燈飾亮晶晶，在寒風凜凜的冬日晚上，為城市添上溫暖的感覺。香港人慶祝聖誕節並不表示他們崇洋媚外，請不要誤會，其實香港人同樣喜歡中國傳統的節日，在中秋節月色皎潔的晚上，在城市的海邊點著燈籠，與家人朋友一起吃月餅共賞月圓，也是一種快樂。從這樣看，香港是一座特別的城市，中西節日都全情投入，不是因為崇洋或者愛國等「高層次」的動機，而是從本身歷史演變和民間生活一步步發展出來的。香港人慣於生活在中西文化之中，別人可能覺得不倫不類，但每個城市總有她獨特的歷史，由當地的市民以最自然的方法演繹出來。

　　然而，在全球化的網絡下，無論中國或西方節日都無一倖免地變成商業文化的產物，大街小巷的減價戰，鼓吹消費，就算你一生也不會用上的一些物品，都會以最具誘惑的姿態展露在你的眼前，為你製造需要它的各種原因，引誘你購物。雖然如此，節日購物仍然有它值得肯定的地方，尤其是朋友之間互相送禮物，表達一年以來的感謝與關懷，這是非常值得延續的好習慣。

　　現在的問題是：如何在商品單一化的社會中，購買適合我們的禮物？

　　美國小說家歐・亨利 (O. Henry, 1862-1910) 的著名短篇小說〈麥琪的禮物〉(*The Gift of the Magi*) 給了我們一點點啟發。這個世界聞名的故事，講述一對貧窮的年輕夫婦，兩人希望在聖誕節互相送禮物，讓對方驚喜。女的買了一條高貴的錶鏈，因為她知道丈夫缺乏一條像樣的錶鏈；男的買了一把漂亮的梳子，因為他的太太擁有美麗的

長髮。當他們興奮地帶著禮物送給對方的時候，原來男方已經賣掉手錶，女方已經賣掉頭髮，在嚴重拮据的環境下，他們只能賣掉自己最珍貴的東西，為的是購買一份聖誕禮物給對方。

這是一個如此經典的故事，你可以笑他們是笨蛋，作者卻認為「在所有送禮的人中，這兩人卻又是最聰明的；在所有授受禮物的人中，像他們那樣的人是最聰明的。無論海角天涯，他們都是最聰明的。」（張經浩譯）如果你好像他們一樣，活在 1905 年的紐約，手上只有一元八毛七，但你仍然希望為你的親人或朋友購買一份讓他們快樂的禮物，這個考慮，這種犧牲，在俗世的邏輯中，你是傻瓜，但換來的卻是更真誠的人與人關係。

有趣的是，歐·亨利小說中的兩件禮物，仍然是商品文化下的物質，可以是毫無性格的禮物，但購買的人把這些商品加上一己的情感，從個人的需要為出發點，這些商品就變成有意義的聖誕禮物了。

聖誕節過後，新年馬上又來了，如果你的袋中只有十數元，只要你能夠花點心思，動一動你聰明的腦袋，你也可以為你的親人和朋友送上最讓人懷念的新年禮物。

刊於《語文同樂·生活文學》2015 年 1 月 9 日

分享 ／ 賴恩慈

〈項鏈〉的後物質生活

漂亮動人的瑪蒂爾結了婚，丈夫是教育部的一個小職員，入息低，兩人過著樸素的生活。然而，瑪蒂爾終日在家幻想自己是富家太太，擁有豪華的家居，穿著華麗的衣服，內心對現實生活不滿意。有一天，瑪爾蒂終於能夠參加一個上流社會的舞會。為了參加舞會，她向朋友借了一條名貴的項鏈。打扮美麗的瑪蒂爾在舞會中出盡風頭，一直玩到半夜才回家。但回家後，問題就發生了，她那條借回來的項鏈不知在哪裡掉了。兩夫婦借了一筆巨款，買了一條相同的項鏈還給物主。自此，瑪蒂爾為了還債，辛勤地工作，過著貧窮的生活，一直過了十多年。在某一個星期日，變得蒼老的瑪蒂爾在路上再遇上項鏈的主人，她忍不住向這貴婦傾訴這十年的慘況，但換來的竟是她一句震撼的話：「哎呀，我的項鏈是假的！」

雨傘運動後在香港的報刊上，常常看到有作者談「後物質生活」的社會觀念，不知為何，我的腦海中浮現了這個經典的文學故事。法國著名作家莫泊桑在 1884 年發表了短篇小說〈項鏈〉，這小說成為了莫泊桑喻戶曉的作品，無論中外都有電影改編，香港在 1950 年代也把它拍成電影。在今時今日的香港重讀這小說有什麼意義呢？

「後物質主義」在 1970 年代 Ronald Inglehart 提出。簡單說，一個社會的基本生活得到滿足後，市民的衣食住行到了一定豐富的程度，而進一步追求更高層次的東西，例如和平、自由和民主等，再不光是追求物質的滿足，加上經濟發展到一個地步，貧富懸殊，激發更多反思。這不單是經驗的變化，而是文化隨著時代的變化，年代的分別。不少人認為香港的年輕人已經進入了「後物質生活」，

以我個人的經驗，我身邊的學生確實與以前的不一樣。他們在找工作的時候，不一定為了薪金多高多高，或者可以加入一些大公司，他們會告訴你：「我要找一份有意義的工作。」這一代的學生的出發點跟前代不一樣。

〈項鏈〉是一個關於物質的故事，但主角對物質的反省，不是從擁有物質的時候開始，反而是從失去的時候開始。其實，莫泊桑寫下了瑪蒂爾的「物質生活」時期，她總認為名貴的東西才能夠肯定一個人的身份。她人生最大的轉變是她失去了項鏈的一刻，讓她付出一生的代價。在生活上偶然發生的一件事情，然後改變她的一生。

這個經典的小說，為我們留下了很多想像。瑪蒂爾走進了現實生活之後，對生活有何反省嗎？當她知道項鏈是假的時候，她能否看透物質的價值？莫泊桑沒有寫到這些，留待我們填寫。我相信現今的香港年輕人，應該可以為這個經典小說寫下有意思的續篇──瑪蒂爾的「後物質生活」。

刊於《語文同樂‧生活文學》2015 年 1 月 23 日

誰在看著誰 ／ 阮智謙

我的 50 呎豪華生活

　　香港戰後的五、六十年代，市民普遍過著貧窮的生活，住的是「板間房」，即是在一個單位內用木板搭建大小不同的房間。能夠租住房間的家庭已經算是不錯的了，單身窮漢只能睡在走廊的帆布床上。當時一間屋子可以住上十數人家，共用廚房和廁所。香港經典電影《危樓春曉》(1953) 就是講述「板間房」的生活，小市民同舟共濟的故事。經歷了半個世紀的現代化，香港沒有了「板間房」，諷刺的是，換來的卻是情況更壞的「劏房」。

　　戲劇也是文學的一種，上星期在葵青劇院看了影話戲劇團製作的話劇《我的 50 呎豪華生活》，導演是羅靜雯，這是我近期看過最好的一個作品，演員出色，有創意的形式，又能讓我們思考令香港人最困擾的問題 —— 居住。

　　《我的 50 呎豪華生活》在一個完全漆黑的空間演出，沒有設觀眾座，入場前，每人派一塊紙皮，可以當坐墊。演員在不同的角落演出，觀眾隨著表演而走動，四處移動，這不是一般看戲的經驗。為什麼要這樣安排呢？導演好像要讓我們經歷不斷搬家的過程，感覺流離失所的疲憊。

　　話劇由十數個小故事組成，人物大部分都是劏房住客。如果以前「板間房」的住客都是找不到較好職業的基層人士，那麼，現在的情況不一樣了，在《我的 50 呎豪華生活》中，我們看到不論是年輕人、OL、老人家等都會住在劏房，呈現了資本主義下貧富懸殊的嚴重問題。不光是老人，就算是有學歷、有工作的人都敵不過高樓價對基本生活的打擊。劇中每一個故事都是獨立的，人與人之間沒

「我很快樂！」 ╱ 賴恩慈

有直接的關連，這樣子的處理，讓我們好像感受到劏房住客的孤獨與壓抑，「板間房」的人情味不再了。

　　整個戲劇最重要的部分，就是當中那個 50 呎的房間。開始的時候，觀眾不知道裡面是什麼，然後到了劇的後半，圍著的木板一塊一塊的推開，這樣狹窄的空間，內裡竟然生活著一家四口。我們看到不斷咳嗽的媽媽和為生活百事擔憂的爸爸。我們聽到大兒子無奈的心聲，我們更看到女兒在細小的空間對自由的想像。這個 50 呎的空間，是整個劇場的焦點，但一點也沒有誇張的戲劇性，正是那種很自然的生活氣息，讓每一個圍觀的觀眾都感到震撼，感到自己對社會的無助。

　　文學藝術不能夠解決問題，但它能夠深刻地指出問題，改變我們的想法，推動改變。翻開最近的報紙，看到一份美國物業顧問公司 Demographia 的調查報告，香港是全球樓價最難負擔的城市。你聽了後有甚麼感想？嘆息一聲，抱怨一下？我們可以做些什麼？《我的 50 呎豪華生活》提醒我們明天的惡果是由今天對問題視而不見而起。

刊於《語文同樂‧生活文學》2015 年 2 月 6 日

「我的客廳！」 ／ 賴恩慈

香港・1960

香港・1960 ／ 阮智謙

香港・1960

2016 年 3 月 12 日，我們十八個對香港 1960 年代有興趣的研究者，聚集在嶺南大學，得到大學教資會的資助，舉行了一場跨學科的研討會，名為「香港・1960」。雨傘運動發生後，我們不時會在報刊上看到一些文章，比較六十年代與當下的情況；1960 年代彷彿成為了一面鏡子，讓我們反照今日的香港。這幾年來，身邊的學生和朋友對這躁動的年代興趣大增，以這為題目的功課也增加了。八十年代是香港的黃金時期，但好像離我們很遠了；有趣的是，離我們更遠一點的六十年代，它所蘊含的文化意義，反而成為了我們反思當下的起點。

不少有關香港 1960 年代的討論，多集中在 1967 這個年份，尤其以暴動為分水嶺。然而，我印象中最深刻的 1960 年代經驗，反而不全是政治的內容。1995 年何慶基在藝術中心策劃了一個名為「香港六十年代 —— 文化認同、身份與設計」的展覽。展覽展出了很多六十年代的生活物品，從衣食住行出發。這個異常有趣的展覽，目的是希望在 97 大限前尋找香港人的身份認同，正如田邁修和顏淑芬在展覽場刊中寫道：「香港的文化身份在六十年代塑造而成，當時這片土地首次跟中國逐步分離；今日，香港快要回歸大陸了，回顧這些三十年前的影像，從中我們可以又能認出自己來？」此時此刻，重讀這段文字，感慨萬分；重新提出這個問題，我們又會得到怎樣的答案？

一）再說六〇

1960 年代上承五十年代較貧窮與保守的文化，下開七十年代反叛與多元；從南來文化到本土文化的形成。這種承傳與開拓，是我們這研討會希望能達至的效果。與一般的學術研討會有點不同，我們這次以作品為單位，嘗試討論作品對時代的影響或藝術的貢獻。十八個人所選擇的作品橫跨不同範疇，包括小說、電影、翻譯、書法、繪畫、戲曲、報紙連載、文藝雜誌、電視節目等等，往後編輯成書時，還需增加更多項目。我記得，一年前我和研究唐滌生的陳素怡說，我們希望從 1959 年的《再世紅梅記》開始。唐滌生在首映當晚不幸逝世，往後，香港粵劇界再沒有出現好像唐滌生這樣劃時代的才子，而他的逝世亦代表了粵劇的普及性開始減弱，讓步給新一代的流行文化。

我們共選擇了 30 個作品，從粵劇《再世紅梅記》(1959) 到電影《昨天今天明天》(1970)，這可以看成是另類書寫香港文化歷史的方法。這種方法希望可以同時包含研究者的個人性和歷史的普遍性。讓我試舉當天的一些題目：舒琪以《英雄本身》討論六十年代社會寫實電影的特色；麥欣恩以電影《愛的教育》討論華文教育的狀況；宋子江以《美國詩選》討論現代主義的形成與右派文化；梁淑雯討論香港《文匯報》在文革時期所扮演的角色；吳美筠討論文社潮的現象；羅淑敏討論書法家曾榮光；魏艷討論文學雜誌《海光文藝》；劉燕萍以《鳳閣恩仇未了情》討論粵劇的發展；梁旭明討論無線電視的青年人節目等等。經歷了整天的發表，大家好像走過了 1960 年代，我們當中真正經歷過那個年代的人其實不多，這天算是一種穿越吧。

二）「無端端」：香港式荒誕的開始

如果五十年代是集體的年代，六十年代是個人的開始。我曾在某會議上發表過一篇文章，名為〈壓抑年代的開始：卡夫卡與香港文學 1960-1970〉，文章追溯至香港文學雜誌《紅豆》在 1935 年已經有譯介卡夫卡的作品。然而，在藝術的影響和實踐上還要晚一點，因為華人社會的結構一直是集體性的，卡夫卡那種個人的、荒誕的處境總是格格不入。到了六十年代，無論在小說，甚至在大眾媒體的電影中，我們都開始看到一些很卡夫卡式的 (kafkaesque) 的存在狀態。

楚原和龍剛是六十年代重要的香港導演，他們的《冬戀》(1968) 和《飛女正傳》(1969) 等都是暴動後的香港社會寫實電影，非常有代表性。但這次我以楚原一部較主流的電影為例子，以香港電影出色的小市民喜劇類型，帶出電影如何呈現暴動前香港社會的敏感神經。電影《神秘的血案》在 1966 年 8 月 10 日公映，當時一連串的社會事件已經發生，包括天星小輪加價五仙、蘇守忠已經穿上「絕飲食，反加價」的外套、政府頒佈宵禁令等等，香港社會開始進入暴動的倒數。屬於大眾娛樂的香港電影如何回應社會呢？

《神秘的血案》是關於男主角張英才，他是一個平凡不過的洋行小職員。一天，在一個平凡的下班的日子裡，他捲入了一件血案。他被誤會為殺人兇手，但他完全不明白為何老闆的屍首會在他家中。他和女朋友南紅，逐步與社會隔離，他們感到自己的行蹤被監視，他們開始懷疑每一個人的身份，不相信表面的事實。

電影中張英才和南紅有一段對話是很有意思的。正直的張英才說：「這晚發生的事情都是無端端的，不知為何？」聰明的南紅說：「我認為今晚的事情，不會是無端端的……」卡夫卡的小說人物，

也經歷了很多「無端端」的事情，例如無端端變成一條蟲，無端端被審判，而小說要告訴我們這一切無端端的事情，其實是由荒謬的體制所控制著的。《神秘的血案》雖是偵探喜劇類型，但目的絕不是告訴觀眾誰是兇手。電影強調小市民活在不安的情緒中，無論在外或在家，他們都受到監控，就算最後案件水落石出，電影最後的一個鏡頭，我們還是看到鄰居在偷窺主角，不安的感覺延續下去。面對動盪的年代，六十年代的香港電影導演以他們的方法回應社會，在類型電影的包裝下，別有意思。

三）陳慧的朦朧寫實

　　討論 1960 年代的另一路徑是研究後世如何重繪六十年代。最近出版的《年代小說‧記住香港》一書，陳慧就負責書寫六十年代，她的短篇小說〈日光之下〉，寫於 2013 年的夏天。看完小說，我感到陳慧的六十年代既朦朧又寫實，是一個非常有趣的感受。

　　小說的背景設於暴動前後的香港，街道上出現炸彈，社會上有工潮。我們可以看到具體的生活細節，直接帶我們走進六十年代，例如廣播劇、VSOP、肺癆病、披頭四等等。小說主角一家是上海人，爸爸在報館工作，是小康之家，讓人想到電懋電影的世界，但小說更貼近香港社會現實。小說寫到傭人在佐敦道的新大廈乘坐電梯時嚇暈的一節，既搞笑又真實。這些都是作者為六十年代著色而用的寫實筆法。

　　有趣的是，小說縱然有這麼多六十年代的文化符號，我們還是感到小說有一種朦朧的感覺，好像是在夏天隔著白紗的回憶。小說中的愛情是虛寫，三個大學生各有個性：女主角杜雲裳敢愛敢恨、程緯是貧困的社會主義分子、安達賢是有錢少爺。三個主角中，我

認為寫得最好的是安達賢。杜雲裳喜歡程緯，一見鍾情，但這只是一廂情願。其實他們兩人都正陷於人生的漩渦中，女的在愛情中，男的在社會運動中。六十年代的有錢少爺，一般都是負面人物，但當杜雲裳經歷了向程緯慘痛的表白後，安達賢這樣跟她說：「畢竟沒有多少女孩有膽量跟自己喜歡的男人表態，未來就是屬於你這類人……」這句話是相當感人的。漫不經心的安達賢，看似在說風涼話，但他實在關心杜雲裳，這人物層次豐富，讓讀者有想像。

　　無論是評論或是創作，我們為何如此努力重繪這個隔著塵的六十年代？當下的視野變得如此模糊的時候，我們不妨擦一擦眼睛，嘗試從另一角度看，或許可以看得清楚一點點，或許。

刊於《明報・世紀》2016 年 5 月 16 日

乍洩春光五十年

　　1967 年香港放映了意大利導演安東尼奧尼 (M. Antonioni) 的《春光乍洩》(Blow Up)，是時《中國學生周報》（簡稱《周報》）的影評人把電影選為當年十大名片的首位。值得留意的是，這齣富反思性的經典電影是在香港社會異常緊張的時期公映的。六七暴動在 1967 年 5 月爆發，而今年（2017 年）是暴動的五十週年，《春光乍洩》也有著同樣的歲數了，但電影的感染力沒有因為高齡而減低。

　　當年的知識分子雜誌《周報》，在 1967 年的 6 月發表了不少《春光乍洩》的評論，湊巧這亦是暴動的關鍵時期。年前，我與一位研究生有幸與羅卡先生在戲院看《春光乍洩》，在大銀幕看褪了色的影像，自己好像也走進了那個年代，感受到當年的激情。卡叔是當時《周報》電影版的主編，當年他肯定《春光乍洩》的藝術性，但對於電影探索人與現實的命題，卻認為並未成功，這個意見引來當年影評人之間的一場辯論。

　　記起那天我們看完電影，大家在灣仔喝咖啡，卡叔提到六七暴動的發生，讓當時年輕的他，意識到香港存在著不少問題，同時讓他反思藝術與社會的關連：藝術是思考人生？還是真實人生的逃避？我想像《春光乍洩》放映前的香港，5 月的新蒲崗人造花廠事件和花園道事件發生後，暴動已經是赤裸裸的現實了。在亂世中，藝術能夠發揮它的功用嗎？可以想像，當年是文藝青年的卡叔，身處於動盪的社會中，內心定有種種的反思。現在我們也會自我質疑，文章的影響力可以有多遠？真的能夠改變現時混亂的社會嗎？

　　一晃五十年。剛過去的暑假，我在英國做研究，離開之前，特

別去了一個地方，就是《春光乍洩》中那個經典的公園。從倫敦的中心乘地鐵轉巴士，走到這裡，駭然發現，原來五十年不變的承諾，竟然在這個英國小公園找到了。公園還是那麼寧靜，樹葉沉默地躍動，跟五十年前電影的氣氛沒有分別，我好像存在於真實又不真實的世界。我首先找到那「殺人」的地點，嚇了一跳，那個位置竟然有個男子睡著曬太陽，他莫非也來尋找電影的足跡？至於那個網球場，還是安然無恙，有兩個人在打網球，但我聽不到聲音。

電影和其他藝術一樣，它們不能夠直接改變世界，但藝術的感染力，可以影響和推動很多事情。雖然我認為《春光乍洩》不是安東尼奧尼最好的電影，但它總佔有不可替代的位置。香港導演楚原在拍攝《浪子》(1969) 時，明顯受到《春光乍洩》的影響，尤其是最後的一幕，死去的人最終消失在畫面中，好像什麼都沒有發生。香港電影資料館出版的《楚原》一書曾訪問楚原，他在訪問中說道：「當年我看完《春光乍洩》，發現原來世界上有種事情是沒有人知道便等於沒有發生過……」。

如果大部分人認為某些事情沒有發生過，某些事實就會從此在歷史上消失，這是多麼的恐怖。《春光乍洩》帶來的反思，對今時今日的香港不光仍適用，我想甚至來得更迫切。如果有一天，「六七」不見了，希望有心人還會在《春光乍洩》那偌大神秘的公園中，把遺忘的事情拾回來。

刊於《明報·世紀》2017 年 1 月 9 日

乍洩春光 50 年 ／ 阮智謙

隨風而逝

　　美國流行音樂歌手卜・戴倫 (Bob Dylan) 獲得本屆諾貝爾文學獎。這個消息一出，全球的文化傳媒報刊都鬧哄哄地討論兩個問題：（一）嚴肅文學獎應否給流行歌手？（二）反建制的卜・戴倫會否好像哲學家沙特 (Jean-Paul Sartre) 一樣拒絕領獎？執筆之時，戴倫還沒有回應得獎之事，大會甚至找不到他，索性放棄。這位富性格的一代才子，似乎在關門苦思問題。

　　當面書傳來戴倫得獎的一刻，我心中說了這句話：「六十年代的過來人，應該很高興了。」很自然的，我想到逝世的也斯，然後我把消息傳給他的兒子。也斯和太太吳煦斌都是戴倫的歌迷，這份感情似乎沒有因歲月而改變。每次見到吳煦斌，她總是穿著黑色衣服，掛著有戴倫名字的項鏈，代表一種堅持著的生活態度。我說也斯是戴倫的「歌迷」，這個說法可能不太準確，因為戴倫不是純粹的流行音樂歌手，他代表了反叛和反思的聲音。

　　戴倫是美國六十年代反文化 (counterculture) 的代表人物。反文化運動在六十及七十年代衝擊主流文化，尤其在年輕人的社群，對於社會的建制思想，以至生活的方式有所批評。戴倫在六十年代成名的時候，他的歌詞表達了對美國人權運動和反戰的態度。他寫於1962年的名作「隨風而逝」(*Blowing in the Wind*) 是他的代表作。歌詞一步步拷問人的內心，我們為何對不公義的事情視而不見？我們要到何時才會伸出援手？

　　如此社會性的議題，有趣的是，戴倫並不是用強硬的文字風格來表達意思，而是運用生活化的比喻，例如「一個人需要舉頭多少

次，才能看到天空？」。我很喜歡歌名 *Blowing in the Wind*，一連串的問題之後，你可能會期待一個更激昂的答案，但戴倫最後竟然告訴你，答案就在風中，歌曲是以此意象作結。當風起時，萬物在動，彷彿通過個人與世界的接觸，我們才會明白世間的道理。

戴倫是複雜的人，正如我們成長的歷程一樣，他有不同的階段。當他從民歌轉到電子音樂，從抗議歌轉到抒情歌，都惹來批評，好像他背叛了偉大的革命。也斯在〈歌與餡餅〉(1970) 一文中曾經這樣為戴倫辯護：「難道一個人不可以依自己的方式做事，難道一個歌手不可以唱超現實風味的、樂與怒的、或抒情的歌，只因為他先唱過抗議的歌？」

我和也斯及吳煦斌一起看過戴倫在香港的音樂會，那是 2011 年的事情。對他們過來人來說，望著站在台上的戴倫，自彈自唱，應該是百般滋味在心頭。然而，對於我，最深刻的還是電影《七人一個卜戴倫》(2007)，一齣以戴倫為藍本的劇情電影。電影以六個演員扮演不同階段的戴倫，當中由 Cate Blanchett 飾演六十年代的戴倫，女扮男裝，簡直是絕世型格。電影的構思非常有創意，究竟哪一個才是卜‧戴倫？或者所有都是？又或者好像電影的英文名字一樣「I'm not there」，根本沒有出現過？戴倫對於我，總帶點神話的色彩。

卜‧戴倫代表著六十年代自由反叛的聲音，無論你認為他應否獲得諾貝爾文學獎，這一點是不會改變的。驀然回首，一個藝術家的成就，不是由獎項來肯定的。一切隨風而起，隨風而逝。

刊於《語文同樂‧生活文學》2016 年 11 月 18 日

隨風而逝 ／ 阮智謙

隨風而逝 —— 紀念友人 Johnny ／ 賴恩慈

我是如此的不認識你

從六七暴動課程說起

　　我對六七暴動這段歷史感興趣，是從 2014 那年開始的。當時我正籌備 1960 年代香港文學與文化的研究，我留意到報紙上刊登了一些文章，比較香港三次大型的社會動亂 (1956、1967、2014)。我感到需要搞清楚一些事情，我開始閱讀張家偉先生的《六七暴動：香港戰後歷史的分水嶺》及有關的書籍，一方面是思考 1960 年代文學藝術與社會事件的關連，但內心可能更關注的是，眼前糾纏不清的社會政治問題，是怎樣從歷史中發展出來的？如何演變成這樣的局面？我很想知道。

　　之後我到了英國國家檔案館翻看資料，也參加了由教協主辦的「六七暴動的回顧與反思」課程。我不肯定這是否香港第一次舉辦這樣的課程，但經歷了四堂課，全長超過二十小時，我感到課程很有意思，而且這種結合講授和考察的教學模式是非常值得推廣的。在大學體制內不容易做到，但其實是更深刻的教學方法。

　　課程分四節，每一節都分為講授和考察部分，所以其實共有八課。講授部分，由不同的「六七」專家主講。考察部分由海濱導賞會負責，講授老師也會出席，例如張家偉先生和劉銳紹先生。我們分別去了北角、中環、紅磡和新蒲崗四個與暴動有密切關係的地區。走到重要的地標時，老師會停下來、詳細解釋，好像在說故事一樣，例如北角華豐國貨一役，警察如何從直升機降落到大廈的天台，然後用繩索爬下來，逐家逐戶搜查的情況。因為老師是北角老街坊，對這個小上海的變化非常熟識，所以我們聽到的是第一人稱有情感的敘述，而不是書本上的硬知識。

介紹暴動發生衝突的地點是考察課的重點，如果這是故事戲劇性的部分，那麼我認為「離題」或非戲劇性的部分也同樣重要。記得我們從天后走到北角，沿途老師憶述當年在北角居住的氣氛、市民的生活。另一次，我們到了紅磡，一邊走一邊談到路上的古蹟，有一些不會被列為什麼等級的古蹟，其實見證了地區的變化。這些考察課「離題」的部分，不一定與暴動有直接的關係，但豐富了我對香港民生的理解，我感到我是如此的不認識香港。

　　從 1966 年天星小輪加價事件，到新蒲崗塑膠花廠工潮的爆發，這場暴動很大程度上與民生有關，所以我們現在重新認識六七暴動，除了視它為政治話語外，我們還需要關注 1960 年代的生活與文化，而不能夠只集中看幾個戲劇性的暴動場面。當我們把鏡頭拉遠，有些東西可能看得更清楚，說不定。

　　我有幾個「同班同學」三五成群，大家一起上課，一起在午飯時討論暴動種種可疑之處，他們包括電影文化中心成員曾肇弘和本土研究社成員彭嘉林。曾肇弘當了我們的嚮導，因為有些考察課的集合地點實在不易找。他告訴我他平時喜歡穿梭香港大小街道，四處遊蕩，有時會在路邊撿到舊報紙，很高興。我打趣地說，但認真地想，下一個十年，當六七暴動進入六十週年時，可能是他們兩位當考察老師了。

　　一座有將來的城市，是可以讓我們把文化承傳下去的，一代一代。希望香港不會令我們失望。

刊於《明報‧世紀》2017 年 3 月 15 日

後六七暴動電影

運用當下流行的詞彙，龍剛導演的《昨天今天明天》是一齣「消失的電影」，也是香港電影史上直接與六七暴動扯上關連的電影。差不多五十年了，當中不少謎團仍未打開。電影於 1969 年拍攝，於 1970 年 12 月 10 日公映，拍攝期間，六七暴動已經完結了，港英政府開始積極為香港市民建立本土身份，遠離民族主義，而香港左派則跌進迷惘孤立的狀態。《昨》在這個後六七時期拍攝，但電影的命運告訴我們，雖然暴動早結束了，但影響力仍然不弱。

《昨》改編自卡繆的小說《瘟疫》，可算是一次自由改編吧。電影把場景搬到香港，片頭從抽象的空間到具體的香港尤其出色。故事講述香港發生了一場鼠疫，老鼠在工廠開始出現，然後病毒散播至整個香港，香港成為疫埠，市民死狀恐怖。最後，在現代的科研和有心人的努力下，香港終於有救，回復正常繁榮。

電影最重要的故事還在背後。電影本來大概是兩小時長的，但現在只剩下 72 分鐘，是非常誇張的一次刪剪。龍剛在《龍剛》(2010) 一書中接受訪問，他說到電影還未上映，已經收到左派的警告，阻止電影上映，又說他是港英特務。結果，電影被狠狠地剪短，更從原來較明顯帶諷刺意味的片名《瘟疫》改為《昨天今天明天》。龍剛說在這麼多年後，他都不知道電影公司管理層與什麼人聯絡，為什麼電影還未公映已引來問題。這些疑問隨著導演在 2014 年逝世隨風而去了。

陰魂不散，電影完整的劇本幸好還在，可以讓我們看到龍剛原本的構思。為何這電影在後六七時期，還會遭到這樣的厄運？《龍

剛》一書中，盛安琪詳細列出電影與劇本的分別，例如電影的男主角本是聯合國文化組的特派員，後改為《世界雜誌》的特派員，抹掉了帝國主義的身份。另外，電影有一個名為保羅的新聞工作者，他在電視台主持「昨天今天明天」時事節目，報導鼠疫的情況，最後他為了救人而犧牲，是非常正面的人物。在劇本中，這人物原稱為林博，在電影還未公映前，《文匯報》已有文章批評林博實指林彬，在電影中得以美化等等。我們一般理解六七暴動完結後，香港在政府的設計下步向繁榮與穩定，但《昨》的遭遇，包括電影還未放映前已有人「看過」，及其後的「自我」或「他人」的審查，這讓我們感到當時暴動的影響還相當嚴重。

龍剛無疑是才華出眾、膽識過人的導演，《昨》就算是被剪了超過一半，故事仍然完整，我們還可以看到導演的創意，鏡頭帶出城市不安的情緒，劇本涵蓋社會不同階層，是香港社會的縮影。然而，電影一方面被左派留難，另一方面被非左派的知識分子批評維護建制，靠向殖民地政府的意識形態。我認為這一點是最耐人尋味的，電影在殖民、本土和國族之間如何定位？電影確實有向港英政府方面傾斜，但我同意陳智德的看法，電影最後還是寄望於作家和記者而不是政府，這與肯定政府意識形態的立場不一樣。

龍剛是香港最出色的導演之一，他的高峰時期見證了一段動盪的歷史，研究他的作品，能讓我們走進藝術、商業與政治的敏感地帶。

刊於《明報・世紀》2017 年 8 月 4 日

六七暴動與香港文學

　　躺在醫院的病床上，看到網上新聞討論香港初中的中國歷史課程是否應該加入六七暴動。我不是研究歷史的，但近年因為研究六十年代的文學與文化，也想回應一下。六七暴動不光是歷史重要的議題，也是六十文學與文化的重要課題，當中連起戰後內地與香港的關係，下開香港獨特的發展，我以為這是家在香港的我們必修的一課呢。

　　香港文學一直不乏回應社會大事件的作品，當年一些南來文人從大陸逃到香港，親身經歷了兩次的暴動。時光倒流，數到有關的小說，較出名的是馬朗的〈太陽下的街〉(1956)，寫當年的「雙十暴動」，還有劉以鬯的〈動亂〉(1968)，以十四個死物的角度寫六七暴動對民生的影響，這兩短篇可算是香港暴動文學的經典作品了。馬朗和劉以鬯都以現代主義風格入文，非常有型，但對於當時普羅大眾的讀者，可能有點距離吧。

　　逝世了的香港流行作家方龍驤，有一篇很精彩的短篇小說，回應六七暴動前夕前的天星碼頭事件，很少人談論。小說沒有現代風格化的敘事，但細緻的現實主義筆法，能深深的打動讀者。小說的名字是〈迷失的晚上〉，從內容我們知道這是關於 1966 年 4 月香港宵禁期間的故事。當年蘇守忠在天星碼頭絕食抗議加價，他被捕後引發九龍騷亂，港英政府出動防暴隊和發射催淚彈，香港實施宵禁。

　　有趣的是，小說不是寫社運英雄或者暴動人士，他們都是故事的背景，主角是一個十七歲的青年名為「霹線成」，他在士多工作，每天送米送油送麻將給附近的居民。除了看鹹書和賭錢外，他的生

活沒有其他。那天他看到街上的人三五成群,而老闆特別緊張,但完全不知香港發生了什麼事。最搞笑的是老闆趁宵禁把麻將租金「雙計」,租客大罵,最後也無奈接受,不然他們在宵禁夜可以做什麼呢?麻將加價要比天星碼頭小輪加價的影響來得更貼身。小說走入俗世生活,但對小市民不無諷刺。外面風頭火勢,阿成竟然無知地在街上遊蕩,最後與暴動者一起被捕。小說的結局是一場審訊,阿成完全不明白法律的程序,更不懂殖民地官方的話語,就這樣「黐黐線線」地認了罪,被判入獄。

天星碼頭加價影響了民生,但所謂「民生」是很概括的印象,小說家敲門走進每家每戶,看到的是具體的階層和狀況。方龍驤寫到天星小輪加價與阿成何關?以他窮貧的生活,一年其實都不會過海一兩次。我們或可以簡單地批評阿成對社會的無知和冷漠,但他的無知和冷漠好像帶出了天星小輪加價以外更多殖民地社會的問題。

小說最後的一幕,阿成在法庭認罪後,低頭望著自己破爛的鞋子出神。小說從輕鬆的節奏,一步步轉到沉重的步伐,作者的筆法依然保持冷靜的距離,讀者的思考就從結局開始。我們關心小說如何以虛構的形式回應社會現實問題,不以立場先行,理解人物的內心世界。文學與社會的關係可近可遠,可實可虛。六七暴動是歷史課的重要一章,同時也可以從文學來理解,讓我們看到不同背景的人如何回應這場重要的時代動亂。

刊於《明報・世紀》2017 年 11 月 3 日

Noise or Voice ／ 賴恩慈

殘影 ／ 阮智謙

英國的樹與風

英國的樹與風 ／ 賴恩慈

記一段曖昧關係

英國的留歐與脫歐

2016 年 6 月 20 日是今年最長的一日，天文台說晚上 9 點 21 分才日落。英國的天氣報導員以專業聞名，他們甚至幽默，表情豐富。然而，任憑英國皇家天文台如何準確，也不能夠預計這次世紀全民公投的結果。今年也是莎士比亞逝世四百週年，倫敦有無數大大小小的展覽和表演，不知道英國人會否在日落前的一刻，拿著啤酒，腳步浮浮，內心反覆地說著：To be, or not to be, that is the question.

英倫與歐陸

數年前曾在香港放映的英國電影《少女失樂園》（*An Education*, 2009），寫戰後的英國文化，從保守的五十年代，轉到反叛的六十年代。翻看歷史，英國六十年代發展出來的擺動文化 (swinging culture)，無論在音樂、時裝和藝術都影響世界，但《少女失樂園》把女主角反叛的源頭指向法國。女主角是成績優異的美少女，人生的道路早已由父母妥善地設計，不是入牛津便是入劍橋。有一天，她在雨中偶遇浪漫的中年男子，他其後帶她到法國，欣賞藝術，見識花花世界，一切便改變了。電影的愛情是建基於英國和法國的文化差異上，一個保守，一個開放。這種文化觀念，在 20 世紀的文學中比比皆是，例如福斯特 (E. M. Forster) 和毛姆 (S. Maugham) 的小說都經常以此觀念來建構人物和故事。英國文化雖然歷史悠久，但相對於法國或意大利，總是缺乏想像力和靈巧性，音樂除外。戰後成立的歐盟組織，雖然是建基於冷戰時期的經濟和政治的需要，但英

亂世破讀 | 243

倫與歐陸能夠在體制上連結在一起，也包涵了許多文化的想像。

想清楚一點，《少女失樂園》的女主角只嚮往發達的西歐國家，所謂歐洲文化，其實是很典型及單一的觀念。現在一些英國人呼天搶地要脫離歐盟，其中一個最主要的原因，是不希望照顧來自較貧窮的歐洲國家移民。不少較弱勢的歐洲國家在21世紀陸續加入歐盟，成為會員後，他們同樣可以享受福利，隨便遊走於不同歐盟國家，可以讀書、工作和生活。如果用一個市井的說法來形容這個情況，就是支持脫歐的英國人不願意照顧「窮親戚」，認為這些移民分薄了他們的資源。

這個問題是實際生活與人道理想之間的矛盾。前天，我在唐人街與幾位「香港人」飲茶，萍水相逢，但他們是非常熱情的，海外華人的情感是直率的。祖父母阮生阮太來自香港，七十年代移民到英國，男的在唐人街的餐館辛勤地工作，女的在家中撫育四名子女。現在子女長大了，他們退休了，這天孫女也一起來飲茶。這位年輕的大學生，土生土長，是移民家庭的第三代，她斬釘截鐵地告訴我，她支持脫歐，她認為她們這一代已經失去了很多福利，她同意新移民也有需要照顧，但為何不先把資源投放在她們身上呢？她的話很直接，我開始的時候感到有點不自在，因為這與我相信的東西有出入。但當我走出酒樓，看到新舊混雜的唐人街，嗅到融和了不少辛酸的氣味，我開始明白到身為移民家庭的後代，對於這些問題可能要比一般英國人還要敏感，我又如何能夠純粹從高高在上的人道立場來看事情呢。

前幾天不幸離世的工黨國會議員考克斯 (Jo Cox)，支持留歐，她是以人道主義的精神為移民說話。這位如日中天的女議員，為政治而離世了。當法官在法庭上問兇手的名字時，他只說：「My name is death to traitors, freedom for Britain」。這個問題，告訴了英國人，無論

A Bird Flying Away ／ 賴恩慈

這次公投的結果誰勝誰敗，考克斯是犧牲了，而這見證了極端的民族主義在英國的擴張。

卡夫卡式的歐盟組織

無論你認同脫歐或留歐，在媒體上，脫歐的立場確是比較清晰的。除了以上提到的移民問題，歐盟組織也是受到嚴重批評的一環。在一個支持脫歐的宣傳片中，歐盟的行政架構是被形容為是卡夫卡式的 (kafkaesque)，極度不透明。片中訪問了一些英國人及不同國家的歐洲人，他們都不清楚歐盟的架構，誰是話事人等等。然而，在這不知情的情況下，英國要按時交會費，需要聽從歐盟的法律，尤其是在移民政策方面。為何英國要繼續走這條舊路呢？另一方面，撐留歐的卡梅倫首相，最近上電視與觀眾對話時，也不能具體解答困擾大家的移民問題。

支持留歐的最大理據，當然是經濟，例如強調英國會在脫歐後陷入衰退，職位減少，對外旅遊受到阻礙等。對於歐盟和其他歐洲國家來說，英國的離開，預示歐盟有可能的解散，這是他們不想看到的。我想像如果把經濟的考慮降低，脫歐是會成功的，所以撐留歐人士，全力打經濟牌，希望打動那些不願改變現狀的人士。然而，我也聽到支持脫歐的人說，他們願意捱幾年不好過的日子，希望英國可以從新開始，從新改革。

英國《衛報》做了一個專輯，邀請歐洲一些作家表達他們對公投的看法，有趣的是，無論贊成或反對，他們大部分都對歐盟組織很不滿意，認為歐盟權力過大，必須要改變。在眾多作者之中，齊澤克 (Slavoj Žižek) 的觀點是值得我們討論的。他批評歐盟的跨國商業行為支配著本應是民主的政制，但他不認為脫歐可以解決現在的困

A Crowd and A Hat ／ 賴恩慈

境，現時在希臘和法國出現的一些新觀念，他認為是民族主義的重新抬頭，是危險的。他不相信獨善其身可以解決問題，反而他提倡重組歐盟，以另類的合作方式對抗跨國商業與控制。他認為不應該脫歐，以其人之道，還治其人之身。

齊澤克的理想是否能夠真正做到，這需要時間的考驗了，但他指出了一個很重要的問題，就是在反對跨國商業控制，或者是不公義時，如何不讓自己跌進狹隘的民族主義中。英國和歐洲的情況，跟香港和中國的關係很不一樣，但齊澤克所指出的觀點，以至英國的情況，對於香港也有啟發吧。

這次公投是英國人的大事情，有說法是永不回頭的抉擇。從宏觀的人道主義，到狹隘的民族主義之間，可以有多少的可能性？6月24日的公投還未到，社會問題已經明明白白展現了出來；哪一邊獲得成功，都要負起改革的任務了。作為香港人，湊巧身處英國，遇上這歷史性的時刻，也希望可以理解多一點。然而，心中最感觸的是，無論雙方觀點如何對立，英國人還是以民主的公投來表達自己的意見。在這最長的一天，日落快來臨時，百般滋味在心頭。

寫於倫敦

刊於《明報·世紀》2016 年 6 月 23 日

記一段曖昧關係，留歐與脫歐 ／ 阮智謙

英國的花樣年華

　　英國脫歐後的日子，不好過。政府黨派之間日夜廝殺，市民在街頭上演種族仇恨鬧劇，歐盟俱樂部請英國快點離開，大概英國從未如此痛苦過。最苦惱的時刻，就是懷舊的好時辰。公投後，不少年輕英國人痛罵嬰兒潮那一代毀了他們的前景。上了年紀的英國人在陰晴不定的天氣中反覆回味著什麼？會不會是那段花樣的年華？

　　1960 年代是屬於英國的。戰後，倫敦在六十年代脫穎而出，成為世界上最前衛的都市，一洗傳統保守的形象。時裝本是法國的生招牌，但六十年代瑪麗關 (Mary Quant) 的迷你裙，擊敗了優雅的法國高級訂造時裝。披頭四在 1964 年的美國巡迴演出，正式向世界宣布英國文化捲土重來，征服天下。六十年代對於英國人來說，真是喜事重重。上週英國足球對冰島慘敗，簡直是沉重的打擊，雪上加霜。上了年紀的英國人，會否憶起 1966 年那場英國對西德的世界杯大戰？最後英國以 4 比 2 擊敗強勁的對手，第一次成為世界盟主。

　　在六十年代的中葉，這些英國的新氣象「搖滾文化」(swinging culture) 成為全球的焦點，從陳寶珠和蕭芳芳的造型都可以看到其痕跡。評論家稱之為「青年風暴」(youthquake)，戰後嬰兒潮向保守的上一代宣戰，挑戰他們的界線。倫敦街頭的迷你裙改變了傳統對美和品味的看法，年輕女子展露玉腿，穿上當時新款的絲襪，梳一個 Vidal Sassoon 設計的髮型，在強烈的節拍中擺動身體，尖叫，這是最型的六十年代英國少女造型。

　　搖滾文化把階層觀念削弱，因為年輕人逐漸成為主要的消費者，市場也向他們傾斜。試想一般平民百姓又如何買得起 Christian

Dior？售賣較便宜服飾的小時裝店開始多起來了，例如 Biba 的薄利多銷；紙裙也一度流行，不可思議。從好的角度想，搖盪文化是把消費平民化和民主化，再不是上流階層尊有。

搖盪文化不是純粹的娛樂消費，披頭四為英國帶來的外匯收入是非常可觀的。早在 1962 年，當搖蕩文化開始成形時，已有評論人把它看成是英國戰後「入歐」及與世界連接的好開始，也重新建立起英國的民族自豪感。這種與世界連接和保住國家民族感的渴望，總是非常曖昧地共存的，尤其在全球化的語境下，稍一失神便會跌入極端之中。現在英國脫歐了，歐盟向英國說明是沒有散餐 (a la carte) 供應的，不能離開歐盟後，又享受經濟上的優惠。此時此刻，英國又再一次陷入世界與民族之間的矛盾中，痛苦地掙扎。嬰兒潮的長輩們是否仍然停留在六十年代美好的時光中？

搖盪文化可能最後只是影響著倫敦這個大都會，這次公投證明倫敦以外的城市有不一樣的選擇，面對著不一樣的問題。怪不得，以倫敦為首的傳媒，對於脫歐是如此嘩然。

1960 年代的顏色是鮮艷的，這與英國的底調是相反，我一直很欣賞英國文化對「標奇立異」的接受能力，在香港就不行了。真心希望英國能夠殺出一條血路，保住開放與世界對話的心態。

寫於倫敦

刊於《明報‧世紀》2016 年 7 月 17 日

Fire in the Darkness ／ 賴恩慈

藝術家與他的藝術品

大衛寶兒珍藏預展

　　倫敦五月花街頭，從遠處便可以看到他巨大的黑白照片，手指按在嘴唇上，請你不要揚聲。諷刺吧，與整件事情不是成為有趣的對比嗎？寶兒在一月過逝後，家人決定拍賣他的藝術藏品，此事高調進行。這個月在倫敦蘇富比展出的，只是全部藏品的大概十分之一，這預展將會在洛杉磯和紐約舉行，而香港是亞洲唯一的展場。真正的全展，只能在稍後的 11 月在倫敦看到，然後隨即進行拍賣。拍賣是商業行為，展品巡迴世界後，說不定會引來更多的賣家。然而，展覽是免費的，讓普羅的寶兒迷睹物思人。這天，倫敦陽光燦爛，我疑心大部分的觀眾其實是歌迷，不是買家，相信不少還是頭一次來到蘇富比，大家都有點闖進來的感覺。

　　寶兒的預展佔了兩個房間，現在展出的幾十件藝術品中，我們可以找到一些重要的名字，例如 Marcel Duchamp, Henry Moore, Damien Hirst, William Turnbull 等，但我想這次最重要的還是收藏家本身吧。文學藝術有一種研究方法，是整理藝術家所看過的，所閱讀過的，從而反過來理解他們的作品本身。有趣的是，兩者的中間不一定能夠工整地劃上等號，又或者精神分裂地相反；生活與藝術之間沒有簡單的邏輯。寶兒的珍藏不少屬於現代抽象的風格，這點我們是可以預想到的。寶兒在六十年代末成名，當時英國正從潮流的「搖盪文化」轉到反建制的嬉皮士文化，非洲藝術等非白人文化開始產生影響力。我們在寶兒的珍藏中，可以看到不少帶有土著文化色彩的作品，染上時代的特色。

　　寶兒的複雜性是他既反叛，但總是帶著有型的優雅。他穿過很

多奇裝異服，超乎你的想像，但他也經常穿著西裝，在台上擺動他的身體，他的舞蹈一般不會太誇張，他確實有很多面向。在眾多的抽象藝術之中，在陽光照射的角落，我看到一張人像畫，安靜的掛在牆上，與眾不同。這是英國文學 Bloomsbury 學派的重要作家和評論家斯特拉其 (Lytton Strachey, 1880-1932) 的畫像，這是英國藝術家 Henry Lamb 的名作。斯特拉其與著名作家吳爾芙 (Virginia Woolf) 是同一圈子的人，但斯特拉其無論是外貌和生平都帶有神秘感，電影 *Carrington* (1995) 便是關於他。寶兒為何對這人像畫感興趣呢？又或者只是偶然的機會買下來？我們不知道。看這個展覽，我們其實需要知道寶兒在購買時的一些小故事，這才能夠真正達到展覽的意義。希望在全展的時候能夠做到。

英國人搞展覽是有一手的，這個展覽不光是賣大衛寶兒，還有 20 世紀的英國藝術。會場的介紹寫到，英國現代藝術太被忽略了，大家都把注意力放在美國和歐陸上。寶兒與英國藝術的關係，可以成為研究的課題。以寶兒代表英國文化，我認為是非常好的，因為他的反叛，包涵了對傳統的接收與抗衡，也展示了 20 世紀英國文化大膽的一面。

寫於倫敦
刊於《明報・世紀》2016 年 8 月 8 日

邱園記事

英國國家檔案館

這個地鐵站有一個很優美的名字：邱園 (Kew Gardens)，最聞名的是它的植物公園，屬於世界級文化遺產。地鐵站附近是小鎮風情，路邊的咖啡店五時便關門了，有個性！我在那裡吃過一次英式早餐（竟有港式茶餐廳的風味）。大部分來這裡的人都是為了到公園一遊，想像自己是 BBC 維多利亞時代劇的俊男美女。這個七月我經常到這裡，但可惜最後還是與公園擦身而過。

邱園有另一個非常重要的地方，帶點神秘的色彩，一般人可能不會去，但如果你走進去（當然需要事先申請），你會發現裡面的人來自五湖四海，耐人尋味。他們是來自不同背景的研究者，但大家都在做同一件事情：查看英國政府檔案。

英國人做事情是有規有矩的，更何況你要翻看政府文件。一踏進檔案館，你會預先被安排一個座位，以及被安排一個與座位號碼相同的透明儲物櫃。當然你不能攜帶自己的物件入內，只能用他們預備的透明膠袋，而且進出檔案館都要經過關搜查等程序。你在電腦搜查需要的檔案（這是最巧妙的部分），然後稍等片刻（我一般到樓下喝咖啡，然後發現二樓的咖啡室好一點），檔案便會在你的儲物櫃靜悄悄地出現了。看完後，你只須交還指定的櫃面，拍卡，過檢，然後就可以離開。在館內的「閱讀禮儀」也須嚴守，我有一次把一支鉛筆放在文件上，守衛不知何時站在我後面，以足夠令半個圖書館聽到的聲音告訴我，不要把鉛筆放在文件上。

在這樣的環境，我每次都強烈感受到自己活在卡夫卡的世界，但出奇地，我還是覺得很有意思，因為有這樣的檔案館，我們這些

研究者才能好好的理解過去，明白今天。話說回來，檔案館有它自由之處，大部分的檔案都可以自行影印，我們一般都會用自己的手提電話（我打賭大部分人都是用 Cam Scanner），把文件一頁一頁的拍攝下來，非常自由。過了幾天，我的「卡夫卡被壓抑症」開始減退了。

最近英國國家檔案館按程序解封了三十年前的一些文件，報導指出英方有意在 BNO 護照上加上 Hong Kong 字眼，但因中方反對而最後作罷，這些檔案對我們理解今時今日的中港關係很有幫助。這些檔案也可以引發很多重要的研究，例如港英政府如何回應六七暴動這重要的課題，檔案館的資料可以幫助研究者梳理錯綜複雜的脈絡。不久前，一些作者例如張家偉和麥志坤等都不約而同地提到可能是六十年代檔案中最富戲劇性的一章：英國政府的撤退計劃。在麥志坤的論文中曾提出一個有趣的問題：為何港英政府會在 1969 年末還在思考撤離呢？他的回答連接起當時英國脫亞進歐的欲望，現在英國脫歐了，讀來真能感受到歷史的諷刺。

如果你走進倫敦的書店，你會發現研究英國文化與歷史的書籍是排山倒海的，為何有如此豐盛的出版？我相信其中一個原因是——資料開放。學術研究的發展有賴於資料的保存及開放。如果我們希望不同的人能夠研究香港文化，首先我們要有系統地保存資料，開放給有心人研究，這才是推動文化的正路，真正民主社會應做的事情。

刊於《明報·世紀》2016 年 9 月 6 日

我的樂園：印度貧民窟生活館 ／ 賴恩慈

一個人的圖書館

　　我喜歡到圖書館。讀大學的時代，遇到沒有課堂的時候，無論陰晴，我都會到圖書館。徘徊於書架與書架之間，最愛翻閱的是攝影冊和畫冊，我對藝術的認識，大部分是這樣自學回來的。我自己很享受，一個人坐在圖書館看書。

　　暑假是大學圖書館最美好的時光，一個下午只會遇到兩三個像我這樣的閒人，冷氣也清新一點，很自在。我又喜歡坐在同一個位置，靠著窗邊，眼睛疲倦時，可以望向窗外的花花世界，心中有說不出的味兒。到現時為止，我仍然覺得這是最好的生活。工作了十年，最懷念的還是這些日子，雖然我在大學教書，圖書館近在咫尺，但看書的心情已經與以前不一樣了。

　　我最喜歡的圖書館應該是怎樣的呢？首先，它應該有不同種類的書籍，讓人自由翻閱。空間和燈光的設計是古雅的、樸素的，最好引入自然光線。寧靜的氣氛大概不需要說吧，這是最基本的條件。圖書館的外面應該有小咖啡室、有綠色的樹木，讓讀者可以在緩慢的節奏中細想書中的意思，或與朋友討論閱讀的心得。

　　這個暑假我在倫敦遇上了理想中的圖書館：大英圖書館 (British Library)。我幾乎每天都乘地鐵來到這裡，我記得有一天發生了這樣的一幕。我從閱讀室走到小賣部，想買一杯咖啡。在樓梯轉角處碰到一個遊客，她氣沖沖地走上來，叫停了與我擦身而過的男子，大聲問道：「圖書館在哪裡？」她語氣帶點困惑，明明不是到了圖書館嗎？為何連一本書也看不見？我和男子對望了一眼，然後大家都想噴笑出來，那男子強忍著笑容很有禮貌地回答：「你就在圖書館

A Curious Soul ／ 賴恩慈

裡面，書無處不在。」嘩！很有型的回答。

跟世界各地所有大圖書館一樣，在大英圖書館內是看不到實體
書本，非常有趣，因為館藏的書太多了，根本沒有足夠的位置展示
出來，它們都被安放在倉庫內，大概需要一個小時便可以拿出來給
讀者閱讀。這與香港一般的圖書館不一樣。

大英圖書館是世界一流的圖書館，不光是藏書和管理方面十分
完善，它還有一個特點，或者是所有最好的圖書館應有的一個特點，
就是無論館內有多少人在看書，有多少研究者在翻閱資料，每一個
讀者都只會感受到自己的存在，你好像獨自在圖書館中，因為只有
這樣我們才能全情投入文字藝術的世界。這種個人的寧靜，其實有
賴集體的努力來維持，每一個人都同樣重要，每一個人都為這片寧
靜而付出。

圖書館是否一流？最後還是要看讀者的質素。

刊於《語文同樂・生活文學》2016 年 10 月 21 日

比利時的一所酒吧，客人在喝酒談天，老闆卻沉醉於自己的世界

一個人的圖書館 ／ 賴恩慈

在異地，遇上陌生的自己

前幾年，我在佛羅倫斯住了一個多星期。公寓在頂樓，走上圓型的天台可以看到對岸的博物館。黃昏站在天台喝酒，山後常傳來熱鬧的搖滾音樂，令我不禁想到這個表面古雅的城市，內裡可能埋藏著不同故事。這個文藝復興的發源地，炎夏的遊客特別多。佛羅倫斯是怎樣的城市？一般香港人可能會籠統的告訴你以下的東西：薄餅意粉、高級皮鞋、古典藝術。文學讀者可能會在這清單上加入徐志摩的翡冷翠的詩文，或是福斯特 (E. M. Forster) 的《看得見風景的房間》(*Room with a View*)，電影朋友還會加上 James Ivory 的電影。從食物、時裝或文藝不同方向走進佛羅倫斯，你可能看到不同的風景。以下這個故事，或許又為這個城市增添耐人尋味的面貌。有興趣閱讀這本只有 120 頁小書的讀者，我提議你先看一看書才看下面的文字，因為故事曲折，引人入勝，但我的文字無法避免洩露劇情。

故事是這樣的。年輕貌美的英國女子瑪莉，經歷了婚姻失敗後，獨個兒跑到佛羅倫斯，租下山上一間 16 世紀的雅緻小別墅，希望可以藉著意大利的藝術氣息與南歐風情洗滌內心的煩憂。她確是一個幸運兒，這一天，中年穩重的英國紳士愛德格向她求婚，他將會是孟加拉的總督，婚後她定會過著無憂的生活。問題是美麗的瑪莉不愛他，但這麼好的機會，又不能白白錯過，她只好答應幾天後給他回覆。當天晚上，她參加了一個上流社會的晚宴，認識了情場浪子羅利，高傲的瑪莉狠狠的拒絕了他低俗式的的追求。在這玩世不恭的男子面前，強調自己對貧苦大眾的關懷。

在激烈的論爭後，瑪莉一個人在深夜開車回大宅，途中重遇餐

廳裡的音樂師──從奧地利非法偷渡來的年輕男子卡爾。在瑪莉的血液中，因爭論而澎湃的情緒還未消失，她突然邀請這位陌生男子走進她的別墅，吃宵夜，欣賞藝術品，甚至跳起華爾滋來，一切都滿足了她所謂對貧苦大眾的關懷。卡爾誤以為瑪莉愛上他，當他想進一步發展的時候，瑪莉突然清醒過來，拒絕他。一直受著社會折磨的卡爾，感到被人玩弄，從天堂一下子被拋棄到地獄來，最後以愛德格借給瑪莉的手槍自盡以保尊嚴。瑪莉情急之際，打電話給羅利求救，他最終把卡爾的屍體棄於山邊。幾天後，愛德格回來，瑪莉把事情告訴他，以為可以換取安慰，但愛德格不能接受一個不清不白的女子為總督夫人。瑪莉好像看真了一些事情，放棄與愛德格的婚事。最後，她與羅利走在一起，內心仍然滿載疑團。

這是著名流行小說家毛姆 (Somerset Maugham) 在 1941 年出版的中篇小說《山間別墅》(Up at the Villa)，暑假在我的書架上無意看到，因為劇情緊湊，一口氣便看完了。這個小說最有趣的地方，是整個故事是關於外來者，這一女三男，全部不是意大利人，他們都是佛羅倫斯的過客。我們在外地，焦點很多時候都會放在陌生的景物上，然而，這個小說讓我想到活在外地，其實可以看到陌生的自己。

小說的四個人物都在這個外表看來古雅而平靜的城市，不約而同地經歷了一次戲劇性的變化，從而看到慣性以外的行為。瑪莉是小說的核心人物，在這突然其來的事件中，她看清了愛德格，這個聲稱深愛著瑪莉多年的男子，一旦知道事情會影響他的大事業的時候，所謂的深情也會在數秒內不翼而飛。瑪莉亦看到一個不一樣的羅利，他熱情的性格可以是煩人的，但也是樂於助人的元素，瑪莉是從來沒有想到的。

他們的變化其實都不及瑪莉本身，如果《山間別墅》是瑪莉的成長故事，這件突然其來的事情是讓她開始看到自己的矛盾。她為

影子·自己 ／ 賴恩慈

何邀請卡爾進來？卡爾為何自殺？這是小說中最重要的問題。瑪莉沒有意識自己的行為，只是為了證明她是有同情心的有錢人而已，她根本不明白這個偷渡客的內心，但當卡爾的行為超越了她上流社會的安全界線時，她的反應激烈，把他視為侵略者。在這月夜，活在生活困苦中的卡爾，好像神話般看到希望，怎料到這是一場誤會。瑪莉對他的接受與離棄，拆穿了有錢人的假道德。到了小說的結局，她好像看清別人，但其實還沒有完全看清自己。小說是批評這個離地的英國婦人，對於自己和世界認識不深，外表好像是非常節制的上流社會女性，但其實內裡沒有方向，直至羅利和卡爾的出現，把她自己也不認識的一面，赤裸裸的暴露出來。

然而，瑪莉確是一個幸運兒，她碰到的是一個偷渡者，一個沒有身份的人，所以他的死去亦隨著時間的過去而無人追查了。佛羅倫斯對於這一女三男都是一個過渡的場所，這件事情隨著卡爾的逝世及三人的離開，一切煙消雲散了。如果這個故事發生英國，將會是不一樣的。這個迷人的異地，好像讓人物不可告人的一面，放任地表達出來，這些事情都隱藏在美麗的佛羅倫斯中，等待我們揭開。

刊於《號外》第 467 期，2015 年 8 月

走到最底層，抬頭一看，原來如此多彩
看見陌生的自己 ／ 賴恩慈

推薦文

樊善標博士（香港中文大學中國語言及文學系副教授）

　　總以為在強權當道時，文藝虛弱無力。是的，文藝沒法即時反制現實。但文藝提供了可能性的想像，哪怕是依稀微光，仍隱隱指示更合理世界的存在。所以 Mary 談論詩、小說、電影……，也是談論正視現實的態度，改進現實的可能。

許寶強博士　（流動共學）

　　《亂世破讀》圖文並茂，對文學與攝影的門外漢，如我，閱後確實長知識——原來香港內外的文學世界中有這麼多有趣並發人深省的故事，又原來一張張簡單的照片可以藏下千言萬語七情六欲，更妙的是文學／藝術與文化研究／社會觀察能夠如此交叉對話相互參照。誠意推薦這本立足本土、破讀亂世、製作認真的小書。

譚家明先生（電影導演）

「亂世破讀」展示的思考方向是從內而外的。活在今天政治現實的陰影裏，黃淑嫻在一貫細水長流的「抒寫」背後，善感而寂寞的心靈無可避免漸漸游離文學安靜的島嶼。她開始對照「今昔」歲月，探索不同年代的歷史與文化距離，以及二者在香港這個美麗而憂傷的城市的連鎖與互動關係。她深信「多角度」的「反思」是如今面對社會、抗衡現實迫切性的唯一出路，是以在「亂世破讀」開放的路上能見到從事影像創作的阮智謙與賴恩慈與她同行。影像與文字的「交感」與「對話」別具意義。

陳效能博士（嶺南大學社會科學院副院長）

亂世當下，我們最需要的並非是驚天動地的大論述，或是石破血流的革命。我們更需要的，是從生活出發的在地反思，點滴的超越和意想不到的聯繫。黃淑嫻的文章從文學、人物、地方，電影作起點，以文字引發破讀；與阮智謙和賴恩慈的合作，以照片帶出想像。我誠意向各位推薦《亂世破讀》。

羅淑敏博士（嶺南大學視覺研究系副教授）

　　深切的體驗是既抽象又實在的 ，《亂世破讀》就是這樣的一個記錄。同是回應黃淑嫻的散文〈記住的、忘記的細節〉，賴恩慈的攝影 'Save some time' 是寫實的、有重量的，卻展現了輕得像虛無般的存在；阮智謙的〈也許我們曾在不同的時候遇上這片光〉是輕的、抽象的、捉不住的，卻承載了生命中無比的重量。文字與影像的對話，為我們留下了記憶中種種的輕與重。很羨慕這種生命體驗的交流。

亂世破讀

文字　　　黃淑嫻

攝影　　　賴恩慈　　阮智謙

美術設計　阮智謙

封面書法　林賀超

文字排版　木木

校對　　　婉君

出版　　　文化工房
　　　　　香港九龍青山道 505 號通源工業大廈 6 樓 C1 室
　　　　　網址 http://clickpresshk.wordpress.com
　　　　　電郵 clickpress@speedfax.net

香港發行　香港聯合書刊物流有限公司
　　　　　香港新界大埔汀麗路 36 號中華商務印刷大廈三字樓
　　　　　電話 2150 2100　　　傳真 2407 3062

台灣發行　遠流出版事業有限公司
　　　　　220 台北縣板橋市松柏街 65 號 5 樓
　　　　　電話 02 2254 2899

印刷　　　約書創藝有限公司

資助

香 港 藝 術 發 展 局
Hong Kong Arts Development Council

香港藝術發展局全力支持藝術表達自由，本計劃內容並不反映本局意見。

出版日期　2017 年 12 月 ——— 初版

國際書號　978-988-77846-7-8

上架建議　香港文學